从大海到人海

王月鹏 著

作家出版社
全国百佳出版社

高远 / 摄影

目录

蓬莱叙事

万面鼓声中

民俗中的怕和爱

第三章

八角湾往事

第四章

大水大心

第五章

半岛的诗与思

第六章

渔民说

第七章

海边“异人”

第八章

从大海到人海

第一章

蓬莱叙事

高远 / 摄影

蓬山近

蓬莱仙岛与昆仑神山被称为中华远古的两大仙乡。不同的是，一个位于东部，一个位于西部；一个在海里，一个在陆地。“昆仑”在《山海经》中的记载较为详尽，蓬莱山在先秦典籍中的记载很少，仅有“蓬莱山在海中，大人之市在海中”一则。学界有一种观点：昆仑神话发源于西部高原地区，流传到东部以后，跟大海结合起来，形成了蓬莱神话系统。

山东先民最早构思出海上仙山，给它起名为蓬莱山，认为只有神仙才能在那里居住。民间有“巨鳌背负”之说，认为有一只巨大的神龟背着蓬莱山，戏舞于沧海之中。

作为仙山，蓬莱并不是孤立存在的，常被与神山仙岛并列叙述。与蓬莱山相伴的，还有方丈和瀛洲，这便是上古流传下来的“三神山”。在典籍中，在口传中，在人们的描述中，海上仙山长满了灵药仙草，而且有仙人居住。蓬莱神话自战国以来广泛流传，发展到魏晋时期渐趋稳定，蓬莱成为三神山之首，有“蓬莱三神山”“蓬莱三山”之称。它们被建构在大海中，寄托着人类对生活和生命的向往，以及逃离“此在”的愿望。围绕这样一个异质空间，诞生了大量蓬莱神话；围绕蓬莱神话，渤海之滨活跃着一批方士，他们共同致力于一件事，那就是“入海求仙”。秦皇汉武都听信了方士的话，相信神仙的存在，产生入海求仙的念头，向着深阔和虚无缥缈处，追求一个更大也更虚缈的理想。他们这样去做，大约与海市蜃楼有关。是海市蜃楼的出现，让他们误以为是真的看到了仙境，遇到了仙人。这种神秘感，拓展了他们对于大海的想象。想象也是一种推动力，人类那些最初的关于海的创举，大多是从想象中衍生出来的。

蓬莱作为确切的地名，始于西汉。汉武帝东巡至此，在这里筑起一座小城，命名“蓬莱”。一个想象中的空间，一个不存在的“所在”，从此在现实中有了对应物。如同“昆仑”一样，“蓬莱”也超越了具体的地理位置，成为“仙境”的代名词，成为美好的象征。影响最为广泛的，当数蓬莱与八仙的“相遇”。

八仙传说的起源很早，但是人物并不统一，有多种划分和说法，最终在明代吴元泰的《东游记》中定型为汉钟离、张果老、韩湘子、铁拐李、吕洞宾、何仙姑、蓝采和及曹国舅，也就是我们目前流传的“八仙”。他们的最初传闻都不是在蓬莱出现的，原型人物的籍贯也没有一个是蓬莱的。因为“八仙过海”的传说，他们与蓬莱结下不解之缘，至于究竟是“从蓬莱过海”还是“过海到蓬莱去”，至今没有定论。

仙，是具有特殊力量的存在，主要依靠修行或法术来成仙，比如通过服用仙丹，或者经高人点化。而神，则是一种超人、超自然力的存在。如此看来，神话是原始初民对不可理解的自然的一种幻想化解释，有概念化的东西预设在里面。神话在流传过程中，随着时间的推移和空间的转换，不断被增删和被修改，甚至被重写。不管是被附加一些什么，还是被减去一些什么，神话本身都变得越来越完美，讲述方式越来越有弹性，更加契合不同的时空语境。在这个过程中，神话被赋予不同的理解和阐释，生命力也获得了强化。读各地搜集编印的神话故事，常会发现同一个神话在不同地方被讲述，而不同地方的神话又有着很大的相似性。这是因为，神话是一种解释系统，它所解释的，是关于人类的原始母题，比如宇宙起源，自然现象起源，人类始祖起源，人类文明起源，等等。这些母题，看似随意性的表情下面，其实有着原始初民的心灵模式。漫无边际也好，没有逻辑也罢，各种光怪陆离的神话讲述，都会指向这一根本的核心问题。比如“八仙过海”这一神话的产生，与古代蓬莱寻仙活动的历史底色有很大关系。有这样的环境，有这样的氛围，自然也就容易产生这样的神话传说，人们在这里面寄寓了探寻自然奥秘、追求美好生活的愿望。神话在民间的传播方式，不仅借助民众的语言，而且很大程度上依托于民众的理解方式，民众以自己的语言和理解方式把神话传播成了他们所希望的那个样子。

在现实中沉浸久了，需要神话来解除精神的紧张和心灵的困顿。隔开漫长的时光，再来回望神话，人们恍然发现这种貌似脱离了现实的虚构，其实可以解释现实中所有真实发生的事情，人类遇到的所有精神问题，可言说与不可言说的，都隐在神话的理解和阐释之中。神话如“根”。再繁茂的枝叶，循着经脉找寻下去，最终也总能找到它们的根，我们所以为的那些现实中的重要物事，不过是枝枝叶叶而已。看似虚缈的神话传说，其实有着最为坚实的现实基础，是人类生存不可或缺的文化之根和精神本源。

神话之所以是神话，就在于它的不可实现性。正因为不可实现，它一直在引领着人类对生活和生命的理想，成为人类面对现实困境的一种自救方式。

“刘郎已恨蓬山远，更隔蓬山一万重。”蓬山，这是古代神话版图里的神圣空间，也是脱离了既有秩序的异质存在。它遥不可及，又近在咫尺。

秦台

秦始皇自统一六国，到他病死沙丘，十一年的时间里曾经四次东巡。所到之处，沿海修筑了许多高台，为的是让千古一帝远眺大海，等待入海求仙者的归来。这些高台，被后人称为秦台。史书中有记载的秦台，山东沿海就有文登秦台、牟平秦台、滨州秦台和无棣秦台，都是当地的著名景观。

秦始皇东巡，民间说法是为了寻求长生不老之药，因为东方的仙道文化盛行，大批方士活跃或隐居在此。透过寻仙问药的表象，人们越来越倾向于认为，秦始皇四次东巡，其实是一种超前的海洋意识。他统一全国后，就开始巡游国境和海疆，这说明他的心里装着更大的世界。据《史记》记载，秦始皇在山东沿海巡游，先后去到芝罘、琅琊和成山，这三个地方分别在山东半岛沿海的三个不同方位。芝罘北临黄渤海，遥望辽东；琅琊南凭黄海，俯视江淮；成山则是山东南北海域的转折点。他之所以选择这三个地方绝非偶然，应该是考虑了地理位置的特殊性和重要性。此后的两千多年间，这三个地方的特殊性和重要性越来越显现出来。

与秦始皇有关的遗迹和故事被保留下来，经由文人的记述与想象，成为山东海洋文化具有源始意义的一部分。秦始皇东巡，曾按齐国旧俗，礼祠八神。八神即天主、地主、兵主、阴主、阳主、月主、日主、四时主，其中天主祠、地主祠和兵主祠所在内陆，其他五神祠所在海边。阴主在三山，阳主在芝罘，月主在之莱山，日主在成山，四时主在琅琊。经过秦始皇的肯定，八神祭祀进入国家礼祠的范畴。五神祠中，芝罘岛上的阳主庙香火最为旺盛。阳主庙曾经历代修葺，千载续传，直到1967年被拆毁，才从芝罘岛消失。

秦始皇东巡，自然会在海边落脚远眺，后人据此修建所谓秦台，只能说这是牵强附会。再加上历代文人的渲染，写下了太多关于秦台的诗文。托物言志也好，借景抒怀也罢，问题在于这个所谓的物和景是不确切的，那些由此而生的情感和思考，是可信的吗？

似乎仅有秦台还不够，他们又以秦始皇为主角，虚构了秦皇石桥，把目光和想象继续向海里延伸。

传说中的秦皇石桥，不过是几块散落海中的礁石。据说秦始皇当年来到了成山头，开始动工修建跨海石桥，这个构想和动作，颇有修筑万里长城的那种气势。关于这座石桥，历代文人有太多的记叙与赞颂，从现存遗址看，其实只是成山头南侧大海中的几块礁石而已，由于礁石嵯峨，在海潮中酷似桥墩，被人们视为海中石桥。他们把这种天然景观与秦始皇牵扯到了一起，只为赋予这景观更多的意义和趣味。古人的这般想象，更多是为了托物言志；而当下整合与包装历史资源之举，主要目的在于招揽游客，发展经济。

人们知道秦皇石桥不过是传说，却没有人怀疑它的神圣来历，甚至有人经过一番实地考证，最终确认某地是秦皇造桥的取石之地。此类学问，沿着虚缈的传说不断延伸，竟然生长成了一种文化现象。唐朝时，日本僧人圆仁曾在《入唐求法巡礼行记》中，记叙了他乘船靠近成山头时的所见："赤山东北隔海去百许里，遥见山，唤为青山，三峰并连，遥交炳然，此乃秦始皇于海上修桥之处。"有个叫韦充的唐人，写过一篇著名的《鞭石成桥赋》，给予这座海上石桥很高的评价，借此赞颂秦始皇征服海洋的壮志。民间亦有相关传说，秦始皇要建石桥，有神人驱石下海，石头下海的动作迟缓了，遭到神人的鞭打，所以石头上至今留有鞭痕。在古人看来，在大海里筑垒石桥是一种惊天动地的壮举，这种壮举堪比女娲补天。这里面，有着人类最初探索海洋、开发海洋的自觉意识。透过这座所谓的秦皇石桥，一种神秘的力量穿越两千多年的时光，持续散发出来。

后来的汉武帝到过芝罘山，人们把海中的几块大石头看作汉武帝所造之桥，希望它能与秦皇石桥一样被传颂于人间。面对大海，人们最想要的，是一座跨海之桥。

由秦台，我想到了望夫石。几乎在所有的海边，都会见到望夫石，都流传着关于望夫石的故事。这个普通且普遍的"景观"，与出海人的具体命运有关。相仿的故事，不同的遭遇，她们伫望大海，祈祷奇迹的发生。在大海面前，在她们的命运里，现实是残酷的，容不得浪漫与想象。

常与非常

周密《癸辛杂识》中记载了一则奇闻：“扬州有赵都统，号赵马儿，尝提兵船往援李璮于山东。舟至登、莱，殊不可进，滞留凡数月。尝于舟中见日初出海门时，有一人通身皆赤，眼色纯碧，头顶大日轮而上，日渐高，人渐少，凡数月所见皆然。”

这应该是一种幻觉。古代航海者进了渤海，很多人都会产生这样的幻觉。这大约与渤海的各种海神传说有关。一个人的心里装着什么，眼里就会更多地看见什么，他们心中有海神，所见亦是海神。

渤海状若斜置的葫芦，面积不大，约有八万平方公里。古时“四海”中，可以说渤海最具文化和历史色彩。曹操《观沧海》中所写的沧海，即是渤海，河北沧州一带。古书中的北海、幼海、少海、渤澥、小海、内洋，大多是指今天的渤海。远在两亿多年前，渤海所在的地方，原是一片陆地，后来慢慢地沉下去了，先是变成盆地，后又变成湖泊，再后来沉降运动加剧，变成了渤海。因为是内陆海，有人把渤海比喻为庭院里的一个池塘，这里仅有渤海海峡中的几个狭窄水道与外海相通。出了渤海海峡，海面骤然开阔，就进入了黄海。

古时没有黄海这个称谓。渤海以东的海域，一直到南海交界处，统称为东海，也就是说，现代的黄海包含在古代的东海范围之内。很多人把过去的“黄水洋”理解成了黄海，其实不然。“黄水洋”是指长江口以外的一段海域，因为含沙多，水呈黄色，古人以此作为海区标识。“黄海”这个名称，源自清末。

海太大了，远非人力所能及。生活在海边的人，常年与海打交道，心有恐惧和担忧，就把希望寄托在海神的身上。他们希望有那么一位超凡的海神可以管理大海，管住风，管住浪，管住那些不可预知的危机和隐患，所以凡是靠海的地方，必有关于海神的传说。在黄渤海，主要推崇北海之神和东海之神。相传东海之神叫“禺虢”；北海之神叫“禺强”，又叫“禺京”。禺强是禺虢的儿子，具有超强的法力，骑着两条龙巡视海域。在山东先民的传说中，海神是黄帝后代，人面鸟身。后来海神从人面兽身的形象逐渐人像化和人格化，不再虚幻，从海洋深处走到了人的面前。

人们想把海神留在现实生活里，开始建造神庙，供奉香火。从唐朝开始，朝廷为四海设了神庙，定期举行隆重的祭祀仪式。南海神庙设在广州，东海神庙设在莱州，这两座海神庙供奉香火达千年之久。山东海神庙很多，莱州海神庙一直是主场，历经宋、元、明三代，几经修缮，规模很是壮观。每年分春秋两次祭祀，朝廷指定官员前来主持祭祀仪式，非常隆重。南海神庙至今犹存，东海神庙毁于 1946 年。

在古人眼里，渤海与东海是融为一体的，都由东海之神管辖，不再单设渤海之神。官祭四海之神，自然是要加封神号的。唐时封东海之神为“广德公”，宋时升“公”为“王”，封为“渊圣广德王”，后来又加封“威济”“助顺”“显灵”“灵会”等。朱元璋即位后，把海神所有的封号都去掉了，只称“东海之神”。在黄渤海，习惯称东海之神为“广德王”，海神庙则叫“广德王庙”，庙中供奉的是东海之神的神像。随着海洋文化的交融，一些外来神开始进入山东海区，比如龙神与萧神。在有的海神庙中，安放三座神像，正中是东海之神，东侧为龙神，西侧为萧神。出现多神信仰，是因为人们希望更多的神来保佑平安。大约宋元时期，山东海神崇拜中开始出现“龙”的形象。此前人们更愿把龙奉为雨水之神，并未与海洋联系在一起。宋将李宝与金国水军战于石臼之海，李宝向龙神祈祷，这大约算是山东沿海第一次把龙奉为海神。在石臼岛上，人们建起了一座龙祠，既可海祭，又可作为祈雨的场所，这也意味着，农耕活动和海洋活动更为紧密地融合。

东海之神在山东沿海有着至高无上的地位。在渔民心目中，他是海洋统治者，福祸都与他相关，敬到极致，则是一种畏。他们幻想能有一位保护神，只提供救助，不带来任何灾难，而且很有亲和力。到了宋代，女神天妃出现了。

在民间，女神天妃有很多名号，诸如海神娘娘、显应娘娘、天上圣母、湄洲圣母、妈祖、神妃、灵妃、天后，等等。天妃信仰发端于北宋，起源于福建，通过航海路线传播到全国各地。出海的人，不管是船工，还是渔民，都会在起航前，或者抵岸后，到天妃庙中祭拜。他们深信天妃，把自己在海上的命运寄托在这位女神身上。天妃成为山东沿海最受崇拜的神，她比东海之神更具亲和力，不仅可以安定海洋，还能安定人心。人们都愿向天妃敬献一炷香火，以求内心安宁。

山东沿海又称天妃庙为娘娘庙、天后宫。其中建造时间最早且影响最大的，是庙岛灵祥庙，又名显应宫。这座庙宇自 1122 年始建，香火不断，后来有闽浙船民出资在原地增修屋宇，当地人称为“海神娘娘庙”。另有福建商帮欲在烟台兴建福建会馆，祭祀妈祖，他们商定帆船每到烟台一次，须纳捐三十两白银作为筑馆经费。当时来往烟台帆船七十余艘，仅此一项，每年所得七千余两。这项工程号称“鲁东第一工程”，所有建筑材料全在福建定制，所有从泉州来烟台的船在运送货物的同时必须捎带建筑材料，从 1884 年开始，一直持续了二十二年。

海神崇拜，这些看似超越日常的东西，恰恰是建立在日常的基础上。再具体到蓬莱这方土地，作为一个非“常”的神圣空间，其实是以“常”为背景建构起来的。也就是说，神圣空间是在俗世中建构起来的，它所寄寓的，是对超越俗世的祈望。

葫芦与药

胶东沿海一带，古人擅长炼丹，通常把丹药装在葫芦里。走街串巷的郎中，大多在腰间别着一个葫芦，药装在里面，密闭性很好，越发显得神秘，正应了那句俗语“不知葫芦里卖的什么药”。

《后汉书·方术列传》记载，东汉时有个叫费长房的人，看到一个卖药的老翁时常悄悄地钻进药葫芦里。他看得真切，断定遇到了高人，就买了酒肉，恭恭敬敬地拜见老翁。老翁领他一同钻入葫芦中，只见其内楼宇雕梁画栋，宛若琼阁；四处遍植奇花异草，犹如仙山，真正是别有洞天。费长房随老翁十余日学得方术，临行时，老翁送他一根竹杖，骑上如飞。返回故里时才知道家人都以为他死了，原来不觉间已过了十余年。从此，费长房能医百病，祛瘟疫。

那位壶翁，传说是一位身怀医技、乐善好施的隐士。后人为了纪念他，就在药铺门口挂一个药葫芦作为行医的标志，于是有了“悬壶”这一说法。

民间认为葫芦有祛灾辟邪的功能。八仙中的铁拐李，就是背着葫芦，云游四方，用葫芦里装的灵丹妙药救世济民。在电视剧《八仙过海》中，铁拐李的葫芦太神奇了，再棘手的麻烦，他的葫芦也总有招数应对，让悬念落下来。在烟台的初旺渔村附近有一个貌似葫芦的小山丘，当地人说这是铁拐李的葫芦变成的。相传当年八仙结伴神游到初旺村界，看到这里风景宜人，北有群山，东临大海，唯村西缺一屏障，于是铁拐李将手中的宝葫芦向西一掷，顿见金光闪烁，化为一山，故名葫芦山。这个小山，后来在城市化建设中被挖空了，神话传说从此没有了现实中的对应物。

早在七千多年前，我们的先人就已开始种植葫芦了。把葫芦作为盛水的用具，则要早于陶器和青铜器。葫芦一剖为二，即为瓢，这是乡下最常见的容器，舀水，盛粮食，随处可用。一个葫芦变成了两扇瓢，肉眼可见，就不再有“葫芦里卖的什么药”的神秘了。葫芦家家户户都可栽种，判断一个葫芦是否成熟，主人通常会用针去扎那葫芦，如果扎不动，就可以摘下来做瓢了。破损的瓢，主人用锥子和针线缝补一下，照常可用，即使漏点水，也无妨。乡下好多器物都是凑合着用的。实在不能凑合了的瓢，有的就被置于院子角落，当作喂狗的饭盆。因为葫芦在日常生活中的普遍存在，很多人习惯了借助葫芦与瓢来讲道理。比如，一个葫芦两扇瓢，照着葫芦画瓢，按下葫芦起来瓢，等等。这些俗语有个共同的特点，就是不缠绕，不费解，不多义，妇孺皆可听得明白。他们依靠这些简单道理，支撑最为复杂难言的生活。

葫芦可做浮具，古时有“腰舟”的说法，几个大葫芦绑在一起，简直可以漂洋过海了。渔民出海捕鱼，在鱼筐的四边绑扎葫芦，还另备一个大葫芦随身携带，下水之前，把脱下的衣服塞进葫芦里，盖上盖子。人下了水，衣服在葫芦里，可以避水。清代陈恒庆的《谏书稀庵笔记》写到芝罘渔民捕捉海参："芝罘岛海滨多有之，以伏日取者为佳。渔人赤身入水，以长绳系一大胡壶，胡壶浮于海面。人入水，带一利铲，腰系布袋，口能吸水吐水，如鱼，目能瞪视不迷。海参皆粘石上而生，以铲取下，入于布袋。一铲不能下，再取则破碎，便弃之。布袋皆满，人乃泳上水面，卧胡壶上以喘息。喘息既定，方寻船而上。"胶东的"海碰子"，潜水时在船边系一只大葫芦，当他从海底浮上来，并不直接上船，伏在葫芦上稍作休息，缓口气。

在八角渔村，一个老渔民讲述他当年如何在海里布置牛网的事。他一边讲，一边在纸上画出示意图，鱼进了这种网，就没有漏网的可能。如今这种网被禁用了。在访谈的间隙，我抬头，看到墙上一个通红的"喜"字，是用若干小葫芦串联而成的。葫芦是吉祥物。那么多的葫芦集中到一起，被挂到墙上，就有了一种关于吉祥的仪式感。老渔民没有多余的话，只是坐在那里，嘿嘿地笑。

那年我游走于胶东乡村，曾在一个破败的院落前驻足。那个院落有些年代了，一派荒芜，院墙上悬着一个葫芦，叶子早已枯萎了。这葫芦，就像隐藏在村庄深处的某个秘密，让我的心一下子动了起来。这些童年里随处可见的葫芦，自从我离开故乡，就再也没有见过，甚至在我的心里，早已淡忘了"葫芦"这个概念。以前在乡下，喝水是用水瓢的。如今，水瓢已成为往事，甚至日渐从记忆中消失了。一只水杯攥在手里，我偶尔也想到水瓢，想到用水瓢大口喝水的乡村生活。

有一年出差到兰州，看到很多专卖葫芦的商店，每个葫芦上都绘制了不同的图案，拿在手里，有些不舍，又有些失望。在夜市，看到一个人在路边卖葫芦，他在地上铺了报纸，葫芦摆在报纸上，没有经过任何的加工。我买了两个，同行的人都不理解：跑这么远的路，为什么要买两个葫芦？

把两个葫芦摆在书架上，每天都可见到。它们默立在那里，就像我的童年。最初的启蒙教育与葫芦有关：一个想要葫芦的人，他的眼里只有葫芦，却不在意葫芦叶子的枯萎与根的腐烂，他最终一无所获。这些年，我对这常识越来越淡漠，活在脱离了地面的空间，越来越失去“根性”。我从市场上买来葫芦，放到书架上。对于葫芦之外的事，不愿花费哪怕一点的时间去关注，去了解。我成了童年记忆中的那个“我要的是葫芦”的人，至于葫芦里究竟装着什么，以及葫芦之外还有什么，似乎都已不再是我所关注的。

海渐行渐远

精卫填海，被解读成了一个励志故事。在一粒沙石与一片海之间，这个神话故事一直在以不同的方式延续。比如河流，携带着泥沙入海，日积月累，海岸线不断向内退缩，就形成了新的土地。最明显的是黄河三角洲。由于历史上黄河河道决口改道十多次，黄河所携带的巨量泥沙入海沉积，淤出大片陆地，岸线不断向里推移。以利津县城为例，金朝时这个县城至海的距离是三十公里，到明朝变为六十公里，到清光绪年间变为八十公里，可见黄河冲积的造陆速度。

在距离海岸很远的地方，常会见到海神庙遗址。这标示着，在遥远的过去，这里曾是热闹的海港。北宋著名的板桥镇曾设置于胶东湾海边，是当时北方海运的重要港口，清朝以来，因为大沽河携带的泥沙淤积，海向后撤退，这个海港渐渐地成为内陆。当时建在海边的海神庙，如今距海有二十多里，成为一个见证和参照。莱阳的丁字湾，三百年前是一处深水港，贸易很是兴盛。因为五龙河泥沙的淤积，出现大片滩涂，海岸线不断前移，港口逐渐淤死。还有河北沧州的镇海吼，当年也是建在海边，如今与大海隔了很远的距离。这意味着，从镇海吼落地以来的千年时间内，海渐行渐远。

渤海是一个内陆海，是世界上最浅的海，平均水深只有二十米，大约相当于六七层楼的高度。因为水浅，在冬天很容易结冰，所以也被称为冰海。这样的一个海，与我们通常所理解的海，是有些不同的。渤海这么浅，除了基底地形的原因，还和沿岸河流带来的泥沙淤积有关。渤海三面被陆地包围，只在东部有一个出口，河流泥沙在这里淤积，渐渐让海底升高。可以想到，在未来的时光中，这里还会变得更浅。

人类对海洋的认知，也伴随了人类对自身的认知。最初，有人认识到自己的生存之地被海洋包围，开始有了海与陆的概念，称自己所处的地方为“海内”，便是以海洋为地理坐标的。战国时的齐人邹衍，在稷下学宫发表了海外九州的学说，认为中国只是海洋中的一块陆地，与其他陆地隔海相通。他提出“裨海”和“大瀛海”两个概念。所谓裨海，是靠近内陆而相连的各个海区。而大瀛海，则指各大洋。

因为海太大，很多看不清也想不明白的东西，被诉诸想象。于是太多的神话故事诞生了。随着航海技术的应用，人们从远古神话中解脱出来，开始乘风破浪，穿越大海去见识海那边的世界。

海经历了很多。

我曾亲见过填海工程的现场，他们把水泥制件抛入大海，在海上再造一片土地。还有时光之手，正以不被察觉的方式，在改变着海。我们该给后人留下一个什么样的世界，留下一个什么样的海?

海渐行渐远。关于海的神话也渐渐清晰，不再神秘。失去了神话色彩，海单纯变成了一个被索取的所在，我们一边向海索取，一边感慨:“大海是取之不尽用之不竭的。”

钓者

一个钓者，面朝大海，只把背影留给世人。他双眼微闭，钓竿的抖动，鱼在水里的游动，都被他看在眼里。他所背对的那些人与事，也都在他的预料之中。在身前的大海与身后的世界之间，他独立存在，保持静默，面无表情。海天浩茫，一个钓者的形象越发凸显出来。人们习惯将其理解成所谓隐逸和超脱。事实上并非这么简单，这般阐释是难以概括他的。他手执钓竿，意不在水，也不在鱼，他的心里其实装着水和鱼之外的世界。那是一个更大的世界。是这支钓竿和背影，建起了他与那个世界的联结。他的背影，就是他的语言，他的态度。那条将要被他垂钓的鱼，不在身前的大海里，而在身后的世界中。这样的一个钓者，在史书中是神仙一样的存在，他被想象，被赋予了各种阐释。他在海边垂钓，志不在海。大海只是他的一个道具，他的心里装着比海更大的事。

历史上很多胸怀大志或大智的人，常被描绘成钓者的形象，这符合世人对于智者的想象。在他们心目中，智者大多是以貌似轻松的方式，来解决重大的问题的。问题再棘手，在他们这里也变得从容有序，不乱方寸。这是智者的处事方式，所谓的“举重若轻”。其实，孰重孰轻，唯有智者自己清楚。他的所思所想，他的忧虑与牵挂，他所走过的心路历程，无人知晓。他手中的钓竿不知道，他钓上来的鱼不知道，他所面对的海水也不知道。他端坐在那里，不回头，把背影留给世界。大海如此丰富，他不撒网，只垂钓，他知道自己想要的是什么。

齐人安期生曾经垂钓于东海之滨，他用所钓之鱼换酒，别人想要靠近他，却总也靠近不了。他是齐国的一个方士，也是蓬莱神话中的一个特殊人物。据说他生活在战国晚期，秦末动乱时他还活在世上，被称为不死的仙人，谁能与他见上一面，得到他的指点，谁就能长生不老。秦始皇曾赐重金，被他拒绝了。他浪迹尘外，成为世人心目中的一个高洁偶像。把安期生想象成一个钓者的形象，主要与他的归隐之举有关。胶东地处东夷，路远地偏，有很多方士活跃在这里。他们向帝王推销自己的主张，大多是为了获得信赖和器重。安期生似乎不是这样的，他摒弃了秦始皇的赏赐，留言曰:“后数年，求我于蓬莱山。”

秦皇汉武于是不停地派人入海求仙，幻想着与这位蓬莱仙人会晤。直到汉朝灭亡，海上求仙活动才算消停，蓬莱仙境却在民间传说中一直流传下来，成为人们向往的理想世界。

历史是一条长河，随处可见钓者的影子，或隐或现。他们在钓鱼，所钓的不是世俗意义上的鱼。最典型的就是姜太公，他端坐溪边的一块巨石上，悬三尺无饵直钩于水面，最终钓得周文王的关注和赏识，借此实现抱负，建立了旷世奇功。“姜太公钓鱼，愿者上钩”，成为不可复制的政治神话。这一垂钓行为，夸张且有奇效，从史书的记载来看，是确有其事的。三国时期，诸葛亮隐居隆中，亦有相仿之举，以“垂钓”的方式等待时机，等待一个值得辅佐的君主。这样的钓者，意不在鱼，而是以隐为进，静观时局，把握出场的历史机遇。当然也有真心垂钓的，比如隐士严光。他与东汉光武帝刘秀有同窗之谊。光武帝即位，严光坚辞不仕，偕妻子梅氏回富春山隐居，耕田钓鱼终老林泉。他再三拒绝刘秀的征召，最终也没出山做官。这种不慕富贵的气节，颇受后人推崇，范仲淹所写下的“云山苍苍，江水泱泱，先生之风，山高水长”，当属对严光最好的赞语。

唐朝诗人张志和被贬逐后，隐居垂钓江湖，自称“烟波钓徒”。他写的《渔歌子》广为流传，“青箬笠，绿蓑衣，斜风细雨不须归”已成经典名句。现实中的诗人，放舟垂钓，水上为家，斜风细雨不须归，与自己笔下的诗句浑然一体。

“千山鸟飞绝，万径人踪灭。孤舟蓑笠翁，独钓寒江雪。”这首《江雪》，可谓千古绝句，形象地隐喻了诗人柳宗元改革失败、官职被贬后的境遇，他的不被理解的孤寂，抱负无处施展的悲情，都寄托在了雪天垂钓的那个老翁身上。

战国末期楚人宋玉，相传是屈原的弟子，在《钓赋》中，他与假设人物登徒子一起谒见楚王，以钓鱼为话题，表达对治国理政的看法：“臣所谓善钓者，其竿非竹，其纶非丝，其钩非针，其饵非蚓也。”“昔尧、舜、禹、汤之钓也，以贤圣为竿，道德为纶，仁义为钩，禄利为饵，四海为池，万民为鱼。钓道微矣，非圣人其孰能察之？”这篇《钓赋》堪称天下奇文，文中的六“为”比喻对后世文人影响很大。宋玉才华横溢，性洁志廉，颇受楚王赏识，后来因为遭人嫉妒，三十岁就被贬官流放，落魄终生。我们今天所熟知的典故“下里巴人”“阳春白雪”“曲高和寡”和“宋玉东墙”，都是与宋玉有关的。

胶东一带，古时有很多高人隐姓埋名生活在这里，他们得志则复出，不得志则隐居，看山海空茫，度过余生。最著名的当数徐福，他独自面对大海，看到了大海之外的东西。他所“垂钓”的，是秦始皇这条大鱼，然后带领三千童男童女越海而去，一去不复还。

那年夏天我在胶东一个渔村度过，隐约觉得将会邂逅那个传说中的钓者。一个多月的时光，我寻访了五十多位老渔民，跟渔村的很多人聊天，那个想象中的钓者并没有出现。我固执地相信他一直是存在的，潜藏在渔村每个渔民的身上，并且成为每一个渔民。隐约在很多渔民身上看到了这个钓者的影子，他偶尔会在风中摇摆，他对于自我的认知和对于世界的态度，让我时常对自己所做的事和所走的路产生质疑。质疑让我警醒，让我对每一个选择都尽可能地保持冷静。我试图描述这样的一个钓者，一个在现实中并不存在的人。我想按照自己对他的想象写下他，却被巨大的现实阻遏。这个虚构的人，其实具备更为坚硬的现实内核。那些庸碌的现实事务，抵不过这样一个虚构者的背影。他让我在现实世界和想象世界中节节败退。他试图改变的，是我对这个世界的观察和思考。此前，一直以为自己是对的。其实太多的事不能简单地以是非眼光来划分，看到这个世界的复杂性、试图表达这样的复杂，让我感到无能为力。

我曾效仿那个陌生的钓者，独自坐在海边，以臂为竿，以五指钓鱼。海水从指缝间淌落。这个空空如也的动作，这个注定了永远空无所获的动作，在日日年年的反复中，得到了某种强化，它把大海的气息凝定在心里。这比那些具体的渔获更为重要。

这么多年了，我在拥挤的人群中，一直在寻找那个钓者。他身怀绝技，并无豪言，仅留一个背影给嘈杂的人群。他的背影照耀了我前行的路。我也希望自己就是那个钓者，对于这个世界，并不需要无尽的索取，也永远不会说出爱。他走进人群，很快就会隐没其间了，那些精神同道者，却会在人群中一眼就认出他。

写下即是终结。我所能做的，仅此而已。

第二章

万面鼓声中

徐立国 / 摄影

过龙兵

那年春天，他在村子后面的山坡种地，一抬头，就看见了海里浩浩荡荡的鱼队。它们是从套子湾东南处拐过来的，往北走，像是喊着口令，起时仰头，落时露脊，一起把尾巴翘在海面。那天阳光白亮，鱼背就像是青灰色的屋脊，动起来的时候，但见海里雪白一片，鱼肚皮上下翻滚，不时有声响从那里传了过来。

这就是传说中的过龙兵了。初旺村的老船长想告诉村人，可是空旷的山上，只有他自己，这传说中的一幕，这盼望已久的一幕，来得猝不及防，只能自己看，来不及与他人共享。他屏住呼吸，遥遥地看着大海，因为过龙兵，他觉得整个大海都不一样了，整个天空都不一样了，整个山野也不一样了。他甚至觉得，自己在那一刻也不一样了。他的心里，有着按捺不住的，却又无处言说的激动。那一刻，他忘记了时间，也忘记了劳动，就那样一个人在山坡上遥遥地看着大海。海上一片热闹。那是二十世纪六十年代初期。他只见过那一次过龙兵。他说自己活了九十岁，比村里的人幸运多了，很多人一辈子也没见到过龙兵。

对这个城市，鲸鱼只是过客，是传说。大家都在谈论过龙兵，真正见到过龙兵的人却很少，有的渔民一辈子与海打交道，也无缘亲眼见到。曾经的日常，变成了难得一见的海上奇观，他们更多的是在别人的传说中，抑或在自己的想象中，与这样的一群大鱼相遇。

所谓“过龙兵”，相传是海里的龙王为了捍卫自己的领海，调动龙兵虾将南征北战，发兵的路上可谓翻江倒海，场面壮观。这当然只是神话传说。在古时，鱼虾成群过海的壮观场面是可以常见的，渔民出海若是遇到“过龙兵”，船老大就要赶紧组织水手烧香磕头，向海里抛米撒面，乞求龙兵不要伤害自己的船只。同时，他们调帆转舵，远远地避开鱼群。在胶东，渔民称鲸鱼为“老赵”“老人家”。“老赵”的称呼源于山东民间信仰的财神中有一位是赵公明，称鲸鱼为“老人家”，则是一种比较亲近的称呼。按照当地渔民的说法，过龙兵时，走在最前面的是押解粮草的先锋官对虾，它所押解的是成群的黄花鱼；先锋官后面充当仪仗的是对子鱼，仪仗队后面是夜叉，龙王坐着由十四海马拉着的珊瑚车，鳖丞相在车左边，车两边各有四条大鲸鱼，俗称炮手，以鸣炮带领鱼队前行。这种情形，一般是在三月三，或者九月九，时间挺准的，前后误差不过三五天。

每年春天，鱼队浩浩荡荡，从东往西，去莱州的海神庙一带产卵。有的渔民说，那些鱼是去莱州海神庙那一带海域“坐月子”的；也有渔民说那是鱼的阅兵式，它们要去西边的海神庙那里“开会”。在渔村，我听到一位老渔民讲述鲸鱼开会的故事，他说一群鲸鱼在开会，其中一条大鲸鱼给其他鲸鱼训话。他所说的，正是传说中的“过龙兵”。鲸鱼的嘴唇有一圈白，过龙兵时海上一片白色，渔民说那是鱼队在听鱼领导的“训话”。

到了九月九这天，同样的情景又会在海里上演，鲸鱼们开始返程了。“三月三,九月九，小船不打海边走。”每年三月三前后，鲸鱼去往渤海湾，在海边就能看到，浩浩荡荡的。九月九，它们回来，并不靠边走，一般是看不到的。按理说，这么大的鱼群，倘若遇到了小船，稍有不慎就会把船碰翻。在渔村，却很少听到船被鲸鱼碰翻了的消息。鲸鱼遇到了渔船，有时会围着渔船转两圈，从没有听说过害人。在渔民看来，山有山规，海有海规，鲸鱼纪律严明，从不对他们犯错。那是很久以前的事了。

在渤海湾，如今很难见到过龙兵的场面。与此类似的，还有大雁南归，我已经很多年没有见过大雁列队南飞的情景了。童年记忆中，仰头看天，时常可以看到齐整的雁队，偶有落队的，正应和了老师所讲述的关于团队、关于纪律的诸多道理。参加一个读书会，有个读者特意找出一段视频给我看，是她拍录的大雁列队南迁。她说记得我曾在文章中感慨很难见到少时的大雁南归情景，那天她碰巧看到了，就拍了一段视频。我看着写在天空的那个“一”字，正是童年记忆中的样子，莫名感动。自己已很久不看天了。有的人，一直在仰望天空。

在胶东渔村采访，我曾听到一个胶东版“老人与海”的故事，一个老船长讲到了半个多世纪之前他曾亲手捕到的一条大鱼。准确地说，是一条受伤的大鱼，它被网缠住了。他们把鱼拖上了岸，才发觉这鱼的大小远远超过预想。当时海上风雨大作，这条大鱼误入网中，对老船长的船起到了稳固作用，最终抗过了风雨。上岸后，这条大鱼被交给了水产公司处置。鱼的肝脏、鱼鳍被割下，鱼皮也被剥掉了，鱼肝油装了满满的九筐，每筐足有一百多斤。他们把鱼肉切成条状，装了两船，运输出去卖掉了。半个多世纪之后，老船长谈到了这条大鱼，他说那天晚上风雨交加，他们在海上漂了一夜，只有恐惧，对死亡的恐惧，对大海的恐惧，除了恐惧，没有其他。

记得海明威笔下的《老人与海》，写的是一个硬汉形象，可以被消灭，但是不能被打败。海明威是个矛盾体，他从小被母亲像小姑娘一样打扮穿戴，后来却有硬汉的性格；他写下了数千封长信，小说写得却是那么干净简洁；他性格不羁，却很注意保护自己的隐私。在胶东渔村，我听那个老船长所讲述的，是对大海的恐惧，这恰恰与海明威笔下的硬汉形象形成了对照。这种对照，没有高下之分，让我更真实地体会到了一些东西。

那个老船长没有掩饰他内心的恐惧，时隔半个多世纪，他回想与大鱼的那场遭遇，仍然心有余悸。曾有个陌生的年轻人找到我，说我所写的那个胶东版“老人与海”的故事，就发生在他的老家。他在那个叫作初旺的渔村长大。我所采访和记载的那些，他觉得很真实，特别是老船长对大海的恐惧和害怕，是他感同身受的。他说自己已经三十多岁了，从来没有坐过船。他的爷爷是渔村船厂的第一批造船技术骨干，跟船打了一辈子交道，他不让自己的孙子出海，也不让他坐船。他对海，是心怀恐惧的。

那条不知名字的大鱼，伴随老船长走过了那一夜海路，这在我心里成为一段特殊的路，它所具备的隐喻性和反思性，还有更多难以言说的东西，一直积压在我的心头。我在很多场合都讲到了这个故事，以此诠释这些年来的所谓思考，比如关于人性，关于怕和爱，关于忏悔与反思、勇敢与怯懦，等等。它们教我更深地理解了生命，理解了以后的路该如何去走。

我所生活的这座城市，请艺术家在海边做了几个鲸鱼雕塑，名曰“孤独的鲸”。观赏者络绎不绝，他们一边观赏，一边给身边的孩子科普：这是鲸鱼，是大海里的哺乳动物。

这个取名“孤独的鲸”的雕塑，在海边并不孤独。人来人往，这里很快就成了网红打卡地。我时常在傍晚走向那里，在距离人群不远的地方站住，远望这座雕塑，好似听到了鲸鱼的呼吸，它离开大海，搁浅在岸，它被自己的体重压死了。

上了岸的鲸鱼，是值得观赏的吗？在我们的观赏之外，还发生了一些什么？

看见过龙兵的那个傍晚，转眼距今六十多年了。老船长无数次站在村子后面的山坡上，就像当年那样一次次地看向大海，除了茫茫一片，什么也见不到了。大海波平如镜，再也没有了当年的惊喜。

南湾一个鳖

海湾是湾，村里的湾也是湾。村里的湾，其实是村前村后的水塘，通常被称为南湾或北湾。在村庄前后有个湾，一方面利于雨季调节河水的暴涨，另一方面又可以储水，方便洗衣。时日久了，便有鱼鳖生长在湾里。鳖，又被称为“老人家”，百姓对鳖有敬畏之心。敬畏归敬畏，吃鳖的人还是不在少数。

那些夜晚的孤独是无以言说的。他待在自己的小屋里，就像那杆生锈的钢叉。说是钢叉，其实只有叉尖的那一点是钢，其余的地方都是铁制。它就被搁在厢房里。叉柄锈迹斑斑，看得出很少派上用场。叉头两股，比麦叉更显瘦长，叉尖有两个倒刺。在这村里，他每天都下地干活，舍得出力，似乎唯有流汗和疲累，才会让他稍感心安。他从来没有跟别人谈过自己的梦想。村里所有人都知道他是一个有梦想的人，梦想在他们看来是个说不清的怪物。他无数次想象过，搁在厢房里的那柄钢叉，带着呼啸的寒意，飞向目标。那个目标具体是什么呢？他也说不清。似乎是一只动物，似乎是一个地方，似乎什么也不是……面对这总也熬不到头的日子，他的目光在生锈，他的心在生锈，他的梦想也在生锈。他所面对的一切，都不是他的梦想中的模样。他没有逃避的能力，也没有解决的方案。他别无选择。

友人来访，似乎是唯一的纾解。他珍惜每一次友人的到访。友人是那种不拘小节的人，貌似粗枝大叶，随手带了一只鸡。他说，这次炖鸡，我们痛痛快快地喝几盅。

他站起身，去厢房取出钢叉，并不多言，也不擦拭叉柄上的灰尘。他对着叉柄，吹了一口长长的气，附在上面的灰尘飞扬起来，在夕阳的余光下隐约可辨。继而，他扛着钢叉，向河边走去。他沿着河边，一边慢悠悠地走着，一边打量着水流下的沙纹，走路的节奏，由打量水流的眼神来决定。他终于站住，就像一艘船被锚住了一般。他说，这个跟盘子一般大，配得上你那只鸡了。话音未落，钢叉已稳稳地扎向水中，随即又从水中拔出来。果然，他叉到了一只鳖，跟盘子一般大。

他扛着钢叉，让那鳖咬住自己的衣角，弯身沿着河边走。他知道鳖咬了人是不松口的，就故意把衣角让那鳖咬住，然后提着衣服回到村里。小伙伴们浩浩荡荡地跟随了看热闹，有的大人也跟在后面，说他真是太有章法了，要看看他究竟如何处置这只鳖。这是傍晚时分的村庄，一些房顶的烟囱开始冒烟了。他想到了与友人即将开始的对饮与长谈，想到了那些不曾说出口的话，它们一直埋藏在心底，成为属于自己一个人的秘密。

他从河中叉鳖，犹如传说中的瓮中捉鳖，动作很是利索。那只鳖最终是被他杀了。杀鳖不像杀猪杀羊，很少见到血。这是常识。“南湾一个鳖，杀了两碗血。你看见了吗？我听见人家说。”

这是他曾唱过的儿歌，那时他并不懂得什么是流言蜚语，对真与假、快与慢也没有切实的认知。

村庄里的一切都是缓慢的。时间是缓慢的。鸡在垃圾里啄虫子是缓慢的。鸭子排着队摇摇晃晃地回家是缓慢的。牛甩着尾巴反刍是缓慢的。猪粪的发酵是缓慢的。房瓦上的青苔是缓慢的。村边那条小河的流水是缓慢的。知了的鸣叫是缓慢的。还有，他的白天和黑夜是缓慢的。所有快速失去的，也是缓慢的。一切都是缓慢的。他在这种缓慢中，压抑了无以言说的热情和激情。他对人与事的理解，就是越来越不理解了。甚至，他越来越看不清自己了。该去往何处？他缓慢地走在村庄里，所有的想象都是空想。他从来没有放弃空想。在乡下的那段日子，他活在空想里，是空想拯救了他。

村里的人。村里的事。村里的这样一个自己。这是他每天不得不面对的。他面对他们的时候，就迷失了自己；他面对自己的时候，就忽略了他们的存在。他知道，必须走出来，走出自己，走出他们，走出村子，这是唯一的路。

他最终走向了大海。他在海边停下来，后来的人生就与海相伴了。

他曾亲眼看到有人杀龟。那只海龟足有二百多斤，捕获于深海，被杀掉了，生肉放在柳条筐里，卖不掉就煮熟了，剁成块，放进铁盆里。做熟了的肉，看外表很像牛肉，但不香，闻起来味道并不好。七分钱一斤，老百姓吃不起，无人买，最后只好扔掉了。也是这个人，后来在海边救过一只受伤的大龟，他请来了兽医，那只龟最终还是死掉了，它的胃里堵满了塑料制品。它是因为环境污染而死的。他把那只龟供奉在了位于半山坡的一间屋子里，逢年过节给它烧香。他对海龟的敬畏，也是大多数渔民的态度。海龟，也被叫作“老鼋”，是吉祥物，渔民没有伤害老鼋的。在海上，若是网到了海龟，他们会立即放生，并且把食物和酒倒向大海，跪在甲板上祷告，祈求老鼋谅解。

我是在若干年后听他讲述这个故事的。不管是在海湾，还是村子的南湾或北湾，龟都是一种特殊的生命。庾信曾有赋云：“坐帐无鹤，支床有龟。”鹤为仙境的符号，而龟却是宇宙的代码。从“无鹤”到“有龟”，一个人所拥有的小小空间，其实也是一个可以安身立命的自足宇宙。龟在这里有着巨大的隐喻和象征意义。

记得有次参加饭局，我喝过了鸡汤，才看到鸡汤中是有几片鳖肉的。主人说鳖汤大补。我觉得自己犯了一个不可原谅的错，好几天食不甘味，心里总有说不出的异样之感。

亦耕亦渔

在胶东沿海，渔民大多是一边打鱼，一边种地，过着“圈里养着猪，栏里拴着驴，吃着片片就着鱼”的日子。亦耕亦渔的生活，让他们同时拥有农民和渔民的双重身份，这直接影响了他们的思维和处事方式。

土地让人踏实，农民更习惯于遵循季节规律，守望属于自己的一亩三分地。不管是耕种还是收获，只要勤恳劳作，大抵是可控的。当然也得看“天”吃饭，有收成不好的时候，可总比大海安定，至少还可以通过节衣缩食保留一点回旋的余地。他们更多的是向自己的劳动要生活，无论外部环境如何恶劣，无论日子怎样艰辛，他们即使有抱怨，也从不放弃劳动，相信劳动可以改变这一切。

海洋给人希望，只是这希望时刻伴随了危险。渔民在希望与危险之间过日子，他们比农民过得更辛苦，需要面对更多的不确定性。海有多大，这份不确定性就有多大。他们在巨大的不确定里，试图确定一点什么。这不是所谓的人生意义，这是生活的必需。“能上南山当驴，不下北海打鱼。”“家有饭半碗，不踩三块板。”他们称小船为“三块板”，到了海上，一切都是未知的，是不可控的。种地再苦再累，守着一亩三分地，终究心里是踏实的。

陆海相连，农业思维与海洋思维交织，最为明显的体现，就是陆地与海里的事物互为譬喻。渔民讲道理的主要方式，就是打比方，用日常中的事物，用大家都熟悉的东西，来相互阐释。陆地与海洋，在他们身上是浑然一体、不可分割的。在八角渔村，一个渔民把大海比喻成猪圈，他说猪圈就那么大，养的猪也就那么多，你天天抓猪，猪圈总有被抓空的时候。这是他所理解的大海，也是他所理解的猪圈。长岛有个村子，东西各有一个小海湾，村人常到这里采集海菜，他们把这两个海湾命名为“东菜园”和“西菜园”。荣成渔民出海，通常是母船带一条子船，当地人称子船为“犊子”，出海在他们看来，就像农民赶着母牛，后面跟着一个小牛犊上山一样。我曾见过这样一幅照片：茫茫大海中，行驶着一对子母船。海面平静，反而更让我想到那些风浪，那些已经平息的以及还没有到来的风浪，子母船在风浪中相互依靠。我知道这只是旁观者的想象，这种子母船组合，有着具体的功能意义。在海上遇到鱼群，小船牵扯网的一端，网的另一端拴在大船上，形成包围之势，然后将渔网收到大船上。在捕鱼过程中，大小两船有配合与协作的功能。

八角湾畔，渔民元宵节有到祖坟送灯的习俗，名曰“送山灯”，因为亦耕亦渔的双重身份，他们还在正月十三晚上，到海神庙、海边和自家船上送渔灯。后来，送渔灯越来越受重视，渐渐从元宵节中分化出来，成了一个单独的节日，就是今天的“渔灯节”。渔民过了渔灯节，再过元宵节。他们望海为田，像分田割地一样把渔场分割成若干份，以抓阄的方式来确定渔民各自的位置，大家就在各自的海域下网捕捞，互不侵扰。抛锚本意是停船。车子坏在路上，也被他们叫作“抛锚”。他们用十二生肖来命名船上的一些部件和用具，因为十二生肖是他们最熟悉的，海上作业时既方便明确，又图个吉利。

在胶东，有虾皮蟹盖的说法，语义与鸡毛蒜皮相仿，形容事小而不足道。而且，鸡毛蒜皮与虾皮蟹盖可以互换，表达的意思基本相同。这也是农、渔思维的相互转换和替代。在乡下，鸡和蒜是常见的。在海边，虾和蟹也是常见的，过去的产量很大。人们用这些常见之物，表达事物的不重要。诸如此类的语义和表达在漫长的岁月里被延续下来。而今，这些海洋思维与农业思维凝缩的道理，变得越来越稀有，不再有新的生成。在语义与现实之间，我们究竟看到了什么，体会到了什么，很少有人在意这些。

有一种紫石房蛤，烟台人俗称“天鹅蛋”。天鹅是高贵的，天鹅蛋更是很少有人见过，烟台人就把外形似蛋、格外珍稀的紫石房蛤，以“天鹅蛋”命名。天上飞的与海里游的，人们以命名的方式把农民看天吃饭和渔民循海谋生关联起来。有一种鱿鱼，烟台人称作“笔管蛸”，它另外还有一个名字叫“梧桐花”，大约是因为两者长相颇似。新春上市的第一批小海鲜里，有一种小虾俗称“桃花虾”。这个名字，据说跟只在桃花盛开的季节才能看到这种小虾有关。

初旺渔村的那个老渔民，把长满牡蛎的石头搬到了山上，做成微景观。他没有念过书，不识字也不会写字，他把他想要说的话，找村里有文化的人写下来，他依样画葫芦，照着描摹下来。就是这样的一个老渔民，他的审美是让人感佩的。他亲手制作的微景观，也许根本就不是所谓的审美使然，只是出于一种情怀，一种素朴的对于海的情感。他老了，不再下海，他把一些海的元素搬到了山上。或者说，他把大海搬到了自家院子里。这是他爱海的表达方式，也是他与大海相处的另一种方式。

鲁菜中有一道招牌菜：葱烧海参。海里长的，与地里长的，合在了一起，成为一道营养美食。据说渤海湾里有户渔民，以潜水捞海参为生，他老年得子，宴请宾客的那天，捕捞的海参数量不够，他就到菜园里拔了一些大葱，把海参切片，与葱段一起烧煮。不承想，一道名菜由此诞生，广受好评。如今看来，海参营养丰富，大葱理肺通气，二者搭配，自然是好的。这不是什么通感，也不是所谓的创造性思维。这仅仅是农、渔思维的融合，在日常生活中随处可见。是生活，那些欢乐的抑或痛苦的生活，那些具体的抑或茫然的生活，让它们别无选择地发生了关联。透过这种关联，我们能否看到他们最真实的生活，则取决于我们的内心究竟装着什么。

作为一个来自乡村且从小没有见过海的人，我看海，亦有望海为田的感觉。这种预设的体验，其实在很大程度上干扰了自己对大海的真切理解。我总是把它当作农田，试图在大海之上看到庄稼。心里装着这些，所以我更多地看到了这些。与其说是我看到，不如说是我想看到。大海在这个时候成了我们“表达”的一个载体。或许这与大海自身是无关的，是我们把太多东西都装到大海的身上，这也成就了海之大。换言之，正是因为海之大，我们才把很多东西都附加或寄寓到了海上。

后来我定居海边，时常回想在乡村度过的往日时光。那时村人种地，面朝黄土背朝天，精耕细种，不舍得荒废一寸土地。如今回乡，看到大片土地撂荒，很多村人都不种地了。站在田间地头，看荒草萋萋，回想曾在这里劳作的少年时代，心里一阵难过。抬头再看不远处的村庄，在暮色中越发模糊，渐渐有了海的苍茫感。

渔家浓烈

在胶东乡下，几乎家家户户的院子里都有一个酱缸，里面盛了煮熟的麦与豆，经过磨粉和发酵，制作成了面酱。大葱蘸酱，这是乡间最常见的菜了。海边人也做酱，他们用虾做成虾酱，用小海蟹做成蟹酱，用小鱼发酵做成鱼酱。酱便于储存，好下饭。根据《论语》记载，孔子当年也吃酱，他说“不得其酱，不食”。

跟渔民打交道，会觉得他们大咧咧的，什么也不在乎。他们的生活，似乎比别处更粗糙也更浓烈。他们吃饭口味重，常说“没盐短酱”的，意思是乏味，不够味。夏天出海流汗多，需要多吃盐。说话嗓门大，因为在海中说话，要穿过风和浪的声响。脾气急，常年在海里，遇了情况，不能懈怠。他们做事不拘小节，大口喝酒，大口吃肉。在初旺渔村，村人结婚喝喜酒，都是不收红包的，他们觉得出海有太多的不确定性，如果收了礼，欠下这份人情，终究是块心思，于是村人就达成了办喜事互不随礼的约定。若是有人突破了这规矩，喜主会找时间把礼金退还回去。在他们的传统中，并不过多考虑那些长远的日子，他们更看重的是当下，更愿意用心用力把握好当下。

浓烈不是粗放，他们当然也有比别人更为细心之处，比如对味道的要求。用鲅鱼包饺子，是胶东沿海的一个特色，这种水饺的特点就是个头大，状若包子。做法也很讲究，将鲅鱼去骨去皮之后，鱼肉加点菜，加点水，加点调料，然后用筷子将鱼肉顺着同一个方向搅拌，直到搅成糊状。在有经验的渔妇看来，搅馅的时候，顺时针或者逆时针都可以，只是必须一个方向，否则纹理就乱了，会影响味道。她们特意强调了搅拌鲅鱼馅需要朝着一个方向搅，否则味道和纹理就乱了。这是多么细心的艺术啊！

冬至吃饺子的习俗，传说与纪念东汉名医张仲景发明治疗耳朵冻伤的食品有关。在过去的年代，冬天是常冻伤耳朵的。那时四季分明，冬天比现在寒冷，对于乡下人来说，过冬是一件严肃的事。当然，这里面也有宽松与欢乐，忙碌一年，到了冬天终于可以歇下来，不必再牵挂地里的庄稼。年节吃饺子，取其团圆吉祥的寓意。大多是蔬菜或肉馅，用鲅鱼做馅包水饺，这在村人眼中是一件奢侈的事。乡下人很少吃鱼，把鱼做成水饺太贵了，对一般家庭来说简直是不可想象的。我的邻居有个在镇上做厂长的亲戚，逢年过节家里的鱼吃不了，就做成鲅鱼水饺，再有剩余的，就在院子里晒成鱼干。我每次走进他家的院子，内心都会泛起波澜，要知道，我家只有在过年才能吃上鱼的。后来我定居海边，可以常吃鲅鱼水饺了。这种水饺，皮薄馅多，有不可替代的味道。这种特色并非出于美食想象。在当地渔民眼里，皮薄，是因为以前粮食比鱼更贵，要节省粮食。馅多，饺子个头大，状若包子，是因为渔民出海，吃一个顶一个，与工作性质以及渔民性格有关，在海上谋生活，他们不太习惯小巧之物。美食家的阐释，与现实的状况，在这里并非是一致的。

豪饮，是渔民的共性特点。不喝酒，似乎就算不得真正的渔民，这种豪饮的习俗与渔民的劳作特点有关。在他们看来，“宁到南山当驴，不到北海打鱼”。到了海上，风里来，浪里去，命就交给老天爷了。他们喝酒，既能解乏，又可压惊。他们善喝，能喝，但是只要上了船，就不喝酒了，大海无情，不可带着酒意出海。在海上，一旦发现遇难船只，即使素不相识，也会拼死相助。用渔民的话说，那不是救人，是救自己。见死不救是渔家的大忌。

再说那酱，与咸菜有着同等功用，是利于下饭的。汪曾祺先生曾在《咸菜与文化》中写道:“如果有人写一本《咸菜谱》，将是一本非常有意思的书。”他把咸菜与文化相提并论，有很多新见。在我的记忆中，咸菜更与贫苦的生存相关，最简单的饭菜，喂养和支撑了最繁重的体力劳动。那些以吃咸菜下饭的劳动者，他们不会想到，他们不得不吃的咸菜，在别人那里也是一种所谓的文化。如今吃咸菜，成为一种口味的点缀。过去不是这样的。过去没有更多的菜，咸菜是主打。每到冬季，家里会用泥封好咸菜缸，里面腌的主要是白萝卜、胡萝卜、芥菜疙瘩、白菜帮子。咸菜下饭。家家户户院子角落里都会摆放着一个咸菜缸。农忙的时候，带着干粮和咸菜上山干活，能吃饱饭。到了冬天，没有农活了，咸菜量也要控制，为的是控制饭量。那时候，粮食是要算计着吃的。我家的面粉，只留给我上学带午饭吃，而且不是纯白面馒头，需要掺和一些玉米面。即使这样，也是不够吃的。在那个贫寒的年代，能填饱肚子，已是很不易的了。村里有户人家，吃大饼卷大葱，每咬一口，都要把葱往后拖动一下，待饼吃完，大葱还完好无缺。还有一户人家，做菜使用花生油，是用筷子在油瓶里蘸一下，再把筷子放进锅里涮一下。这般操作，一瓶油可以吃半年。这户人家成为村里会过日子的典范。

即使在最贫苦的日子里，渔民也没有停止对于美味的追求。他们就地取材，用海肠做调料，给每一餐饭增加一点不同的味道。在福山，有个厨师炒菜时会从布兜里摸出一把粉末，撒入菜中，菜味更加鲜美。后来才知那些神秘的粉末，是用海肠子磨成的作料。这个故事，在胶东可谓家喻户晓，被以各种口吻讲述，形象且生动。一道菜，关键在于调料。而这种调料，大多是就地取材的。他们从来没有放弃对“调料”的寻找和发明，懂得如何给既有的生活注入一种新味道，追求一种新状态，让日子变得更有滋味。

走在渔村的街上，看行人来来往往，从他们的面部表情，甚至从他们的背影，即可判断是本村人还是外来人。在渔村待得久了，不管是神态，还是说话和走路的方式，都会发生一些变化，变得更为浓烈。是的，是浓烈。我所能想到的，就是“浓烈”这个词语。他们浓烈，他们粗糙，他们也有平淡和细腻的一面。比如，对于事物的命名，他们从“帆船”想到“翻船”，所以就改称帆船为“风船”、船帆为“船篷”。这些貌似粗糙的人，对谐音之类的细节如此看重与讲究，只因心中有所讳。他们把自己无力把握的事情，交给看不见的更大的力量来处理。他们相信，有一种超越人的力量，存在于他们头顶的天空，也存在于他们跳动的心上。

那年夏天我是在渔村度过的，把自己放置到一个完全陌生的环境中，有粗粝的海风，有大嗓门的对话，有各种奇异的传说，面前这个陌生世界缓缓打开的过程，其实也是一个打开自我的过程。我在自己的内心深处，看到那个倔强的老船长，看到那些鸥鸟，看到那些远行的和归来的船。我经由它们，一次次地与自我确认，又一次次地与自我告别。当我离开渔村，重新走向自己的生活和工作空间，恍若一梦。那些清晰的，那些模糊的，那些被确认的，还有那些被遮蔽、被掩饰的，我都理解了。我放下了自我。那些渔民的故事打动了我，也改变了我，我从他们身上看到以前不曾被发现和确认的我自己。

白鸥浩荡

“海猫子落艄，你懂得潮水吗？”从字面来看，这谚语表达的似乎是一种嘲讽之意。倘若把自己完全放置于这个语境中，可以看到渔民与鸥鸟之间的亲密关系，以及人在海上的巨大孤独感。

胶东半岛的渔民称呼海鸥为“海猫子”，大约跟海鸥时常围着渔船，叼食甲板上被丢弃的小鱼小虾有关。这一习性，就像偷腥的馋猫一样。艄，主要是船老大的地盘。船老大之所以享有特权，是因为他负责掌舵，必须看到海面下的海流，懂得海流。这些海流受潮汐影响，按一定规律发生变化，船在海上，若不了解海流，是很危险的。同在一条船上，旅行者看到的是海上的景观，而船老大一直在关注海流，看到别人看不到的东西。他要比船上其他伙计承担更多的责任，所以在船上拥有绝对特权。比如，黄海渔船上设有“太平凳”，凳子腿较短，凳面比普通板凳宽一点，这是船老大掌舵时的专座，其他人一律不许坐，如果坐了，不仅是对船老大的不尊重，也不安全。

回到“海猫子落艄，你懂得潮水吗”这句谚语，烟台人口中的这个“落”字的读音是“涝”，这不是山东方言，是模仿天津人的口调，这大约与当年胶东和天津之间的海上来往颇多相关。烟台人称大海退潮为“落潮”，这个“落”的发音也是如此。很多人把这句问话，理解成对海鸥的嘲讽。我更愿意以为，这句艄公的问话，或者说他对海鸥的问话，在茫茫的大海上，在巨大无边的孤独里，是人与海鸥之间关系的一种表达。一艘小船，在海上，唯有海浪和海鸥相伴。这种时候，人与海鸥说话，说得那么俏皮，甚至带了几分揶揄之气，可以看出人与海鸥的亲密关系。他们的对话，被海浪声覆盖了，鸥鸟听不到，他自己也听不到。他只是说，旁若无人地说，肆无忌惮地说，像海浪一样滔滔不绝地说。无边的海上，一个人在闲暇时刻除了自言自语，还能做些什么呢？他看似对着鸥鸟说话，其实更多的是在说给自己听。海有多大，孤独就有多大，恐惧就有多大。在这巨大的孤独和恐惧中，艄公与海鸥的俏皮语，是打发时间的方式，也是缓解孤独与恐惧的方式。

一艘船，在海浪里起伏。

白鸥浩荡。一场羽翼风暴，把海面剪切成了破碎的镜片状，千万个世界浮现出来。

《列子·黄帝》中讲述了这样一个寓言故事：海上之人有好鸥鸟者，每旦之海上，从鸥鸟游，鸥鸟之至者百数而不止。其父曰：“吾闻鸥鸟皆从汝游，汝取来，吾玩之。”明日之海上，鸥鸟舞而不下也。

“鸥鹭忘机”和“鸥鸟不下”两个成语，就源自这则寓言故事。海鸥与爱鸟之人嬉戏玩耍，是因为两者都无机心。当其父表露出机心，鸥鸟就远远地躲着他，再也不肯落下来。

鸥鸟是单纯的，也是敏感的。它每日与海相伴，怎么可能不懂“潮水”呢？

新型关系

我们处在各种关系中。人与人的关系，人与社会的关系，人与自然的关系……这些关系交织在一起，构成了人和人生的复杂性。我们从这种复杂性出发，回望各种关系，恍然发现所有的关系其实都是人与自我的关系，或者说是人与另一个我的关系。在这种关系中，对“爱”的强调，恰恰是因为“恨”的存在。或者说，正是因为“恨”的存在，“爱”得以更加凸显，爱才成为可能。我想说的是，一只猫与它所处的生存环境，以及它对鱼的态度转变。

过去，人们普遍认为，偷腥、捕鼠是猫的天性，所以渔民一般不养猫，养猫多是为了捕鼠。如今，在渔村随处可以见到猫，它们似乎对晾晒在院子里的鱼毫无兴趣，更鲜见它们偷腥的敏捷身影。在绝大多数家庭里，猫作为宠物，时常呈现出一副懒洋洋的神态，不仅丧失了捕鼠的兴致与能力，甚至失去了对老鼠的认知。人们发现，猫的天性“改变”了，它和鱼、老鼠，和人类、环境的关系都发生了转变。

作为宠物的猫，完全被主人按照自己的方式豢养了。被阉割绝育，被驯养，被宠爱……它们失去了自我，成为主人所希望成为的样子。每天被关在房间里，失去了野性。

再说说鱼，也没有逃脱类似的生活。某些观赏类的鱼，在鱼缸里自由游动。它们本来是应该属于大江大河与大海的，却被局限在这里，这些获得了所谓安全感的鱼，是以失去自由为代价的。王渔洋曾作过一首题为《盆鱼》的诗，诗中描写了草堂环境的幽静，鱼盆的精致清雅以及盆鱼色泽、形状之美。在他看来，盆鱼是幸运的，可以“远鲸鳄”，可以避开渔人的围捕，能够在清澈平静的盆水中逐虫戏草，优哉游哉。官场中人王渔洋对盆鱼的赞美，基于他对平静、安逸和闲适的向往。而隐士徐夜的一首《放鱼》，则表现出了与王渔洋截然相反的观点：“不识海天大，宁知瓯盂窄。谁知细小躯，已具江湖魄……”在徐夜看来，把鱼养在盆中，致其体魄细小，是莫大的悲哀，应当纵之江河湖海，使其适意遨游。不同的观点，与他们各自的处境相关。王渔洋身处宦海，貌似自由实则危机四伏，故向往鱼盆的保护；而徐夜隐居山林，才华无施展之地，所以思慕更为具体的施才空间。

如今，被豢养的猫，被盆养的鱼，以及猫和鱼之间的这样一种相互关系，已普遍被接受，被喜爱。我总觉得这里面是有些遗憾的。事实上我也是这种关系中的一分子，无力改变这一切。

我一直以为，作家可以分为两类，一类是爱猫的作家，另一类是不爱猫的作家。或者说，一种是爱小动物的作家，一种是不爱小动物的作家。爱动物，才会更多地看到和感受到柔软。一个对小动物都充满了怜爱的人，对人也不会差到哪里去的。在公园里散步，当一只鸽子在你的身旁踱步，对你毫不设防，你会觉得整个世界都是好的，你会被周边的环境所感动。但是也有一些人，他会想到把这只鸽子捉回家，炖汤，想象味道如何鲜美。这就是人与人的不同，也是善与恶的区别。善人与恶人也在这种关系中角逐力量，关系不一定都是改善后的和谐。

爱，可以照亮整个世界；爱也可以照亮自身。养猫的人，在猫的身上寄寓了太多的爱。他们时常以猫的眼睛，来看待自己的生活。

一只猫，可以让人更深地体味人世间。

一只猫，可以改变你对世界和人生的态度。每天下班回家，猫在门口等你，再多的苦和累在这一刻也得到了纾解。爱，终将弥合一切，治愈一切。

人在外部世界的不被理解，在猫这里得到了理解。人在外部世界的惶惑，在猫这里得到了答案。人所不能回答的，猫以特有的方式给出了回答。如此的一只猫，还仅仅是一只猫吗？

那个傍晚在渔家院子里，我看到一只猫。风吹树响，那猫追逐着被风卷动的树叶，嗖的一声就蹿上了屋顶，屋脊变得恍惚起来。

鱼皮鼓

在胶州湾，有一种叫“鱼皮鼓”的曲牌，用鱼皮蒙鼓来演奏，是很独特的一种表演形式，距今约有五百年了。如今合适的鱼不多了，会做鱼皮鼓的人更是稀少，可谓一鼓难求。

遥想当年，这里的渔民太懂得自娱了，他们就地取材，在木头鼓面上蒙了一层鱼皮，鼓的声音就变得不一样了。制作鱼皮鼓的过程，有颇多讲究。鼓身的大小是可控的，鱼皮却难寻。他们通常是有了合适的鱼皮，再开始制作鼓身。对渔民来说，每天都有渔获，但要寻到合适的鱼皮，却需要机缘。他们选择不带鳞的鱼皮，鱼皮扒下来之后，腌制半小时，再用淡水浸泡清洗。皮上的肉需要剔净，让皮面保持同样的厚度，做到最薄，蒙鼓的时候才不容易皱。这是一个高难度的手艺活，握刀的姿势、力道，稍有不妥，就可能把鱼皮刮破，前功尽弃。鱼皮蒙上了鼓面，经过几个人同时往下拉，鱼皮最大限度地伸展开来。经过一段时间的晾晒，木头与鱼皮完全融为一体，一个鱼皮鼓就制作完成了。他们击鼓，通过鱼皮所传递出的声音，带着大海的涛声。这是世上独一无二的声音，唯有他们听得懂。不懂海的人，没有在大海上苦苦熬过的人，是听不懂这鼓声的。这是独属于他们的表达方式。他们的命运，他们生活中的万般滋味，都在这鼓声里了。

这种自娱自乐的方式，在过去很常见。比如海阳大秧歌，既有仪式感，又可打发闲暇时光。在甘南，当地人用长达 1.8 公里的钢丝绳拔河，这种特殊风俗与当年屯兵有关，大西北的冬天太寒冷了，驻守在这里的官兵以拔河这种方式来御寒。

我童年生活的乡村，与大海有很远的距离。鱼皮鼓作为一种自娱方式，让我想起了“碰鸡蛋”的游戏。每年的寒食节，可以吃到两个鸡蛋。我不舍得吃，装在口袋里，带到学校和同学们玩碰鸡蛋的游戏，谁的鸡蛋被碰破了，谁就吃了那个鸡蛋。这样的游戏能玩一整天，直到夜色降临，没被碰破鸡蛋的同学，才颇有成就感地把自己的鸡蛋当众动手打碎，吃掉，一副胜利者的姿态。那些贫穷的日子，难得有鸡蛋吃，有了鸡蛋又不舍得吃，于是发明了这种游戏。在味蕾的快乐之外，试图创造一种精神的快乐。当鸡蛋被碰碎了，吃成为一件自然而然的事。在平日吃不到鸡蛋的生活中，这是一个孩子以自己的方式，赋予自我一种合法性。这是他们对于鸡蛋的态度，对于所有超越了生活能力的美食的态度，他们没有急切地享用这个美食，而是用自创的方式拉长了享用美食的过程，并且在这个过程中消解没有美食可吃的贫寒与饥饿。他们以这种方式对待那段贫苦的岁月。

而今，所有的事，都是速成的，减去了中间环节，直奔结果而去。人们更看重的是结果，而忽略了“过程”。真正的创造者，更注重享受创造的过程，这里面的酸甜苦辣，都有难以言说的魅力。

鱼皮鼓以传唱的方式流传下来。如今人们的生存处境发生了变化，海洋环境发生了变化，条件发生了变化，海里的鱼也不似从前了。各种变化，让鱼皮鼓失去了继续存在和流传的基础，濒临失传。在那个渔村，渔民把船上用过的物品，竹筒、竹碗、木盆和各种腌鱼用的坛子、罐子，从船上搬下来，堆到了一个屋子里。闲暇时，他们偶尔聚到这个屋里，敲盆子的，敲锅碗的，打鱼皮鼓的，制造出各种声响，熟悉，又心安。这些曾经一起出海的伙伴，以这种方式怀念海上的日子，以这种方式点缀余生。他们活在记忆里，从鱼皮鼓发出的声音中看到了大海，看到了大海里的鱼。

海浪的气息在这间屋子里弥漫开来。

开冰梭

渤海素有冰海之称，几乎每年冬天都会结冰。渤海所在的地理位置比较特殊，这里纬度较高，在我国冬季零摄氏度等温线以北。再加上渤海三面被陆地包围，只在东部有一个出口，整体呈湾状，外面的海流很难影响到它。这里是西伯利亚寒潮的通道，寒风从这里经过，海水结冰成为常态。我曾见过老照片上的冰海，海面上像是矗立起了一座座白色的小山。那些白色的浪，在涌动的时候，直接被冻结在了水面之上，就像地面上插满了利斧，在阳光下闪着白光。面对这样一条路，想到破冰之旅，大海从一种恐惧转换成了另一种恐惧。

春天融冰时节，海面上漂浮着大大小小的冰块。这时，很容易想到叫作“开冰梭”的鱼，在融冰时节才可捕获，故得此名。这是梭鱼的一种，主要特点就是“鲜”。明代屠本畯在《海味索引》中谈到梭鱼“不嫌入淤而食泥”。梭鱼是吃泥的，它的胃有特殊功能，能够消化泥沙中的食物。所以梭鱼吃起来大多有一种土腥味，“开冰梭”例外。之所以如此，是因为梭鱼冬季在深海越冬，基本处于休眠期，极少进食，待到春风送暖、冰凌开化的时节，它们就游到海口附近的河道觅食，这时捕到的开冰梭，腹内干干净净。它们从坚冰中游出，向着春天游去，却落到了人类的算计和圈套之中。胶东当地称海产品为“海鲜”，颇见渔民性格。他们跟大海打交道，风里来浪里去，有话直说，不绕弯子。“海鲜”这个命名，直接，且准确，直奔主题，细品又有太多滋味。

我时常想象，一条鱼穿冰而过的情景。是一种不甘，一种倔强，一种对生命和自由的向往。它在坚冰开裂的缝隙里，被捕捞上来，带着一身冰凌，有一种来自底层深处的说不出的冷意。若干年前，我曾在千岛湖看到鱼穿墙而过的设计场景。鱼身在墙内，似有挣扎。那个凝固的场景，再现了被沉在水底的那些村庄的状态，设计者以这种方式向世人讲述半个多世纪之前的那段历史。作为游人的我，看过了千岛，看过了那片浩荡的水，留在内心最深的印记却是鱼穿墙而过的一幕。它以这样一种残酷形象契合了我对人的生存境遇的思考。我们何尝不是一条向往自由的鱼？我们的所有向往和努力，又何尝不是在“穿墙而过”？我们内心的焦虑与挣扎，难道与墙没有关系吗？那些看得见与看不见的“墙”，那些无处不在的“墙”，那些我们无能为力的无法穿越的“墙”。

开冰梭的“破冰之旅”，走向了未知的命运。它们活在人类的算计中，最终也没有逃脱这算计。它们告别冬天，以为自己是在走向春天，走向新的生命和自由，却没想到投身于一张预先布下的网。满身的冰凌，是一条梭鱼面对世界和众生的最后的语言。

所谓的冰，是指那些疏离和阻隔。在冰里融化，当墙壁倒塌，那些坚固的，终于破碎。不管是以阳光的方式，还是以锤子和斧头的方式，这些过程终将被淡化和被遗忘，而那些禁锢和破碎，以另一种方式留了下来。

有些禁锢，站在后来的角度来看，其实是一种保护。

想到墙壁里的肺鱼。在我们的想象中，鱼是离不开水的。鱼与水的关系，犹如人与空气的关系。一条脱离了水的鱼，其结果可想而知。肺鱼是个例外。

肺鱼主要分布在非洲、大洋洲和南美洲。夏天旱季到来，河流干涸，河床里的淤泥渐渐龟裂。肺鱼会在旱季到来之前，在淤泥里挖洞，把自己藏起来，进入休眠状态。它们可以分泌一些黏液把自己包裹起来，让自己的身体保持湿润。夏眠中的肺鱼，不摄入任何东西，等待下一个雨季的到来。

熟悉肺鱼习性的人，在这个时节掀开土块，很容易就把肺鱼掏出来了。等到旱季过去，雨降了下来，肺鱼苏醒，结束长达六个月的休眠状态，重新跳进河流和池塘。

肺鱼寿命较长，有的能活到一百岁，其中有一半时间是在睡眠中度过的。这不仅仅是睡眠，也是肺鱼与自然环境抗争得以继续活下去的一种方式。在非洲肺鱼生活的地区，人们习惯用泥巴盖房子，躲在淤泥中休眠的肺鱼，有时就会被砌到墙壁里。这是一个残忍的事实。人类在毫无察觉中，对肺鱼制造了如此残忍的悲剧。被无意间砌入墙体的肺鱼，在墙缝中并不放弃生命。雨季又到了，肺鱼在墙缝里动弹不得，墙体在雨季变得湿润，这一点点的水汽，成为肺鱼赖以生存下去的唯一依靠。没有食物，肺鱼就在墙体里啃食自己的尾巴。它如此度过了多少日子，坚持了多长时间，没有人知道，唯有自己知道。

命运的契机，是在五年之后。这栋房子在一场罕见的暴雨中坍塌，坚固的土块成为淤泥。肺鱼重新感知到了水，它苏醒过来，滑向附近的水域之中，重新成为一条自由的鱼。

一条鱼所经历的，远比我们所经历的更艰难，更让人绝望，甚至超过了我们的想象。它在凝固的墙体里坚持了若干年，靠仅有的一点湿气维持生存，没有放弃自己。它坚持了下来，在绝望中寻找一丝光亮。它的生存，不需要太多，只需要一点点的水汽，只需要一丝丝的光……它最终迎来了自己的新生。相比而言，我们的欲望和生命负载太多太重了。我们最初出发时一无所有，越走，身上的负载越重，最终因为这些负重而未能抵达最初的目标。

在千岛湖曾见过墙体里的鱼，它们成了凝固的形象，似是无声的言说。我以前写过鱼化石。游动的鱼与冰冷的石头凝为一体，时光让它们经历了什么？

也曾见过琥珀，飞虫在晶莹透亮中的挣扎被永久定格。一滴油脂，降落在飞虫身上，凝固成一件后来的艺术品，曾经的痛苦与挣扎，迎来的是所谓欣赏和赞叹。

一条肺鱼在坚固的墙壁中坚持了几年，最终活下来，就像从琥珀中走出来。它从凝固的时间中走出来，让那些已经逝去的时间拥有了生命，让一堵冰冷的墙有了温度，让我们对生命有了新的理解。被砌进墙壁的五年里，它失去了自己；之后，它成为了自己。

不禁联想到“沙漠玫瑰”，一种地衣植物，在有水与无水的环境中，收放自如，以不同的方式保存生命活力。一条鱼，并不能改变其他，唯有坚持自己，在所有都放弃了它的环境中，它做到了不放弃自己。一条鱼所坚持的，在我们眼中成为一个奇迹。它与水共存，柔软温和的生命中，潜伏着如此巨大的力，这是很多猛兽所不具备的。它没有那些爆发力，甚至也没有什么所谓的耐力，它有的只是坚持自己，哪怕生命是被牢牢禁锢的，它也不放弃自己，最终成为自己。

一条鱼所给予我们的启示，超越了人类的太多言说。

生命的坚韧，尊严与自由，都在一条肺鱼的遭遇里了。越是在狭窄的境况里，追求自由越是重要的。

一条被砌在墙里的鱼，它不期待投入海洋，只要一滴水。它在一滴水与一个海之间，成为一个不被发现的传奇。

第三章

民俗中的怕和爱

高远 / 摄影

灯影

胶东元宵节有个习俗，新媳妇不能见自家的灯光，要到亲戚家去“躲灯”。这给我留下了很特别的童年记忆。那时生活贫苦，父母经常吵架，家里来了躲灯的亲戚，他们碍于面子，尽量不再争吵。那时我并不懂得“躲灯”的具体涵义，只觉得躲灯让父母变得克制，让家里的氛围祥和了许多。如今想来，所谓躲灯，是让新媳妇远离灯光，变得模糊，不必那么清晰。这份含蓄，既有一种羞怯和美，又有善意和包容在里面。现在的很多表达，都过于直白了。

我们习惯了逐光、向阳之类的故事。躲灯这一民俗，讲究在特定时段，与特定的光保持距离，这里面是有一种民间智慧的。离光太近，要有警醒之心。灯光里的那个你，在别人眼里是模糊的，并不真切。这是置身在灯光里的你应该自知的。灯影里看人，尤其需要心明眼亮。我甚至觉得，应该有一种“灯影”意识，知道这灯，知道灯下黑，内心才更有数。光与影不可分割，对光的真正理解，恰是因为影子的存在。影子是理解光的“背景”。

安徒生童话《影子》中的那位学者，他相信自己身上一定有着影子的根，影子是他所能看到的唯一活着的东西。

光与影的牵连与互动，在某些情境下可以成为一种独特的讲述。有一种灯影戏，艺人在白色幕布后面，一边操纵以纸板做成的人物剪影，一边用当地流行的曲调唱述故事。在没有电影和电视的年代，这种灯影戏在民间很受欢迎。灯影戏的来历，相传是两千多年前汉武帝爱妃李夫人病故，大臣为了缓解他的思念之情，制作了李夫人画像，涂上色彩，并在手脚处装上木杆。夜里请汉武帝端坐帐中观看，栩栩如生，如见真人。这个爱情故事是载入了《汉书》的。最虚幻的影子，映现最真实的人。灯影所讲述的，是他内心最无法言说的，也是在现实中永远无力抵达的那一部分。他看得潸然泪下。

站在光里，拥抱影子。循着影子，去坚执地寻找光。只有看到了影的存在，才会真正理解“光”；或者说，对光的真正理解包含了对影的看见与思考。影与光同在，很多人在逐光的同时，总想拒绝影子，总想把光与影割裂开来，只拥有想要拥有的那一部分。

最珍贵的光，是万物共享的，比如阳光。每个人都可以免费享用阳光。但是真正拥有阳光的人，不是太多，而是太少。

凡事摆到阳光下，就会敞亮。有一种说法，遇到妖怪，只要喊出妖怪的名字，妖怪就不会伤害你了。妖怪之所以神秘和可怕，主要是因为妖怪并不常见，是一个陌生物，它更多地存在于人的想象中。倘若妖怪的形象变得具体，变得清晰，失去了神秘感，也就不可怕了。所以这世上有些原本简单的事，会被神秘化，变得暧昧不清。不清——看不清也说不清，即是人们所追求的那个效果。这是处世态度，亦是处事策略。那些写妖怪的文章，真正旨意并不在妖怪本身，他们是借助妖怪来谈现实，表达对于现实的一种态度。就像我们谈历史，大多意在当下。

灯是一盏一盏亮起来的。那天我开车走在回家的路上，疲倦，且有些麻木。天是阴沉的，要下雨的样子。车里播放的，是一首说不上名字的歌。似乎早已习惯路上的拥堵，我像是跟着一种惯性在走。这条路太熟悉了，穿过红绿灯路口，路边楼房某个窗口的灯一下子亮了起来。那些灯似乎有个约定，一盏接一盏亮起来，像是一种接力仪式。这让我走在熟悉的回家路上，突然有了一种仪式感。万家灯火，这是最日常也最浪漫的城市表情。每盏灯光的后面，都是具体的人与事。

那个老渔民每天晚上都去山上守护灯塔。微弱的光，在巨大的夜色里，在无边的海浪中，照亮了远航者回家的路。他看过海上日出，也看过太阳沉没到海里，夜与海融为一体。巨大的暗黑。星星点点的渔火，萤火虫一般，在海浪里发出倔强的光。

这是何其熟悉的光啊……

乡村的夜晚，萤火虫在天上飞，影子却落在那个孩童的眼里。他躺在院子里看天，这是他所能看到的最远的距离。他的心比天还要高。他固执地数星星，相信终有一天，可以数清楚对应着他家院落的那片天空，究竟有多少颗星星。这是一个乡下孩童的坚执。有萤火虫的夏夜，他的院落里布满了星星。那是他的整个世界。他在自己的世界中进入睡梦，分不清哪是星星哪是萤火虫。

而今，萤火虫不见了。没有萤火虫的夏天，还是夏天吗？他偶尔这样问自己。

在一个科研机构参观，一个博士说他们的团队研制了人造萤火虫，主要用于制作景观，唤起人的怀旧情结。曾经，这是乡村最常见的飞虫，它们漫天飞舞，整个夏天的夜晚都变得扑朔迷离。有萤火虫的童年，伸手即可摘得星辰。这是记忆中最生动也最不可复制的一部分，如今只剩下了回想。在二十世纪八十年代，乡村的附近一般都有一片树林，树林里什么小动物都有，松鼠，野兔，刺猬……那时有适合它们生长的环境。如今，这种环境没有了，依附于这种环境的小动物也消失了。有一天，我在小区里看到一只刺猬，大约是从海边防护林跑来的。我看着它在小区绿植下缓慢蠕动，觉得这是人世间最孤独的刺猬。

因为黑暗的存在，我们遇到光，并且珍惜每一缕光。曾看过一段视频，一辆车停在路边，司机把车灯打开，照耀路人走过前面的一段泥泞路。一个背着书包的孩子转身，鞠躬致谢。这是一个路人对另一个路人的态度，是两个陌生人之间的相互帮助和理解。灯影变得幽长且清晰起来。

一束光，照亮那个孩子回家的路。而这束光的源头处，是这个善良司机的一双凝望的眼睛。

对这一幕，对这微弱的光，我心存感激。这是一个夜行者的朴素想法。从黑暗中走出来，越过高山，穿过深水，更重要的，是越过自己。他置身黑暗中，没有忘记摸索和寻找那根灯绳，希望让灯亮起，让光降临，充满整个空间，照耀每一个人。这是写作的意义所在。他曾经相信批判，相信虚无，却忽略了爱的力量。就这样走过了好多年，他才恍然意识到，倘若缺少了爱的力量，倘若不能照耀和滋养更多的人，那么他的写作是走不远的。那些烛照，那些微弱的光，都是暗夜的锐角。

这个城市的海边曾经举办过一场盲人品鉴会。他们看不见光。他们不时地举起手中的葡萄酒杯，相互示意。葡萄酒的味道，像是茫茫人海中的一盏烛光，点燃他们的内心世界。我坐在他们对面，看着他们的表情，觉得周围是有光的。微弱的光。珍贵的光。烛照心灵每一个角落的光。

那一刻，我也想到了灯影。不知道灯在哪里，但我看到了影子的存在。很多时候，我们是循着影子，才找到了光。

光在哪里，影子是最清楚的。影子的根，在光那里。

“说瞎话”

初旺渔村的老年活动室通常是在下午两点开始“说瞎话”的。那个老人站起身说，说瞎话是有技巧的，不能干巴巴，得加进一些想象，但不能瞎想象。他率先说起了一个“瞎话”：邻村大赵家有个老轿夫，九十五岁那年，他提前穿好了寿衣，请了办理丧事的吹鼓手，在自家院子里排演自己的葬礼，他要亲自检验和把关自己的葬礼，他说要在活着的时候好好享受，死了什么都不知道了，一辈子给别人忙活，不能最终亏待自己，自己的葬礼自己得把关，搞清楚弄明白，不能死后被人糊弄了……对于这个老轿夫的做法，老年活动室里的几个老人发生了争执，谈着谈着声调就高了起来，谁也无法说服对方，最后有一方气呼呼地走开了。留下来的一方，于是颇有一些胜利感。

胶东渔民把讲故事称作“说瞎话”。我们在渔村维修部听“瞎话”，在老年活动室听“瞎话”，也在文化广场听“瞎话”。他们的“瞎话”，说出了人世间最朴素最真实的事。

村里有个渔民，性格倔强，村人皆知。有次出海，船上煮了饺子，三个人一起吃，数量不太够。开饭前，其中一个人故意问他，曹操为什么八十三万兵马败给了刘备？他说，怎么成了八十三万兵马，历史记载明明是八十二万呀！另外两个伙计见他中了圈套，继续逗他，坚持说是八十三万。他就坚持说是八十二万。其中一人貌似打圆场说，甭管是八十二万还是八十三万兵马，我们先吃了饺子再说。他的犟劲一下子就上来了，气呼呼地说，豁上不吃饺子，也不能差了一万兵马。那顿饺子，他到底是一个也没吃，正中另外两个伙计的心意。给我们讲述这段“瞎话”的老渔民意犹未尽，他说光讲不行，还得起个题目，就叫《豁上不吃饺子，也不能差了一万兵马》吧。这个老渔民是很擅长“说瞎话”的，他说的“瞎话”与别人说的“瞎话”的最大区别在于，他念过书，他的“瞎话”是有文化内涵的，自然也就更被村人在意。比如，他说的《七侠五义》《聊斋》等，究竟是真是假，村人争议很大。他已经去世多年了，他说过的“瞎话”一直在村里流传，被村人讨论，偶尔还会为他说的是真是假争论得脸红脖子粗。支持他的一方，认为他说的“瞎话”都是来自书上，怎么可能有错？

我走在渔村，路过维修部，挥挥手，打个招呼。有时候他们招呼我说：坐下吧，聊聊天。我就走过去，坐下了，然后是一阵沉默。他们都不开口说话，很是有些拘谨。停歇了一段之后，话匣子才渐渐打开，你一言我一语，太多的话题一个紧跟一个蹦了出来。比如说，邻村偷盗成风，且不以为耻，有个老头在集市上卖锅，结果所有的锅都被这个村里的人偷走了，只剩下坐在屁股底下的一口锅，在熙来攘往的乡村集市上，老头坐在剩下的那口锅上号啕大哭。比如说，有个老渔民每天喝一蛤酒，就是用蛤壳盛一点点的酒，村人笑话他活得太仔细了。

在现场听他们“说瞎话”，我越发感受到了他们的认真。他们看似漫不经心，不急不躁，语言的骨子里，却是一份认真的态度。“说瞎话”，并不是瞎说话，他们以调侃的口吻，说认真的事，也可算是自谦的一种方式。他们所说的，都是他们所以为有道理的。

同一个故事，在不同的地方，有不同的说法。听他们“说瞎话”多了，我发现了这样一个现象。再细品一下，又发现他们所讲述的，只是表达形式不同，故事的本质其实是一样的。沂山一带把神话传说一类的故事称作“聊斋汉子”；昌邑把说故事叫“拉呱”；潍县叫“说古今”；大鱼岛叫“桄线”，大约跟渔民常在织网时说故事有关，他们一边织网，一边说“你桄个线听听”。

胶东渔民说瞎话，不以自己所说的是真理，虽然他们也是很认真地说，但他们知道自己在说什么，自己说了什么。他们知道，自己所言说的事物，也仅仅是自己所看到的和理解的事物，并不是事物的全部，也不是事物最为紧要的部分。这对任何人，包括对他自己来说，都不重要。他们的言说，并不以说服为目的，仅仅是在言说，为了言说而言说。那些碎时光，就是这样打发掉的。日子就是这么过去的。一辈子就是这么过去了的。

也有发生争执的时候。他们认真，固执，像牛一样倔强。这种时候，他们的认知是排他的，不需要理由。这就是理由。

说话作为一种相处方式，对他们来说，是认真的，又不是刻意的。他们说话，就像过日子一样，平淡中有着各自的滋味。他们把自己的说话称作“说瞎话”，这种自我消解的心态，其实是在每一个日子中的。在这个过程中，他们消解了自身的一些东西，剩下对于生活和生命而言的一种必需，或者说是不可绕行的东西，必须去对待。他们以此为自己本已沉重的生命减压，这是他们所特有的方式。这样一种不经意的方式，透露出的恰恰是最真诚的生命态度。

他们以这种方式对待生命。他们以这种方式对待自己与他人的关系。他们以这种方式对待自己与周边环境的关系。他们以这种方式对待自己与自己的关系。

他们以这种方式对待时光，对待生命，对待自己。不把自己的话当成至理，不对别人如何理解抱有什么要求，仅仅是说出而已。像日子，是自然而然的，不做任何的强求，不管是对别人，还是对自己。生活是在闲聊中度过的。他们把自己说的话，当成瞎话；对自己在做的事，说是瞎忙活。这是一种谦卑的生命态度。

他们对自己所说的，并不觉得是真理。我听他们“说瞎话”，却常常从中发现所谓的真理。那是朴素的常识，来自他们的日常，他们的劳动，他们朴素的内心世界。他们那样说，也那样去做，是知行合一的最为朴素的实践者。他们的所思，他们的所想，他们的所为，有一种共同的东西，来自遥远的乡村传统，从血脉中流传下来。对于这个巨大的传统，任何片段式的理解都是肤浅的。

我在城里，像浮萍一样生活，累了的时候，遥望老家的方向，会有一种安慰的气息传递过来。这么多年了，我一直在认真地说话，它们被写到了纸上，不过是一个人的自言自语。

压舱石

空船出海时，渔民通常在船上备有压舱石。船太轻，经不住风浪，容易翻船。压舱石的存在，就是为了稳定重心和规避风险。一艘船在风浪中前行，自带一些负重和压力，可以应对那些不可预知的风与浪。这是渔民在海里行船的经验，如今更多地成为各行各业的一个关于自我加压的隐喻。

船在海里，最怕遇风。这是所有渔民的担忧。一场风，会让他们迷失方向；一场风，轻易就能让他们葬身大海。船靠岸时，也怕有风，风卷着浪，很容易把船拍碎。那时八角湾渔民用的是摇橹小船，海上若是起了风，小船时常被风刮到现今的烟台开发区海滨，稍不小心，船就翻了，落水的渔民即使拼命爬上了岸，因为那一带荒无人烟，十有八九也会被冻死。四十年前，这里还是一片荒凉，丝毫看不到今天这座现代化城市的影子。

不能随风而去，如何应对风、如何提前预知风，对渔民来说就是最硬核的本事。他们在海上风里来浪里去，摸索出了属于自己的认知方式。现在靠科技可以提前预知大风来临的具体时间，以前渔民只能靠经验，一旦在海上遇了大风，没有退路，只能自己想办法应对。天要来风，有经验的老渔民在海上能提前三四个小时预料到，然后决定是继续打鱼还是提前躲避一下。谚云：“懒汉子听风，越听越凶。”有的渔民听到一点风声，就不出海了，或是在海上遇风，就赶紧撤了。那种艺高胆大的渔民，擅做“风”的文章，趁着有风再拉三网，踩着大风降临的时间点划船回去，收成自然就比别人要多。

这里每年都过渔灯节，是从老辈传下来的。渔民到海边送灯，为的是求海神带他们去安全的水域打鱼。现在就是不过渔灯节也比以前安全多了，全都机械化，雷达、探鱼仪、导航仪一应俱全，前面有雾看不见的话，根据仪器指示操作就行，高科技帮人们避开了风险，好天坏天差不多。以前出海不是这样的，都靠人力摇橹，船是露天的，几个人挤在船上，看天上的星星，四面朝水一面朝天。可能吃着面条，雨就下满了锅。1959年秋天到第二年春天，初旺村渔民先后在海上遭遇风浪，最后翻了船，共计十六人遇难。

老渔民说现在的年轻人出海全靠仪器，离了仪器就不知该怎么办，海上的情况太复杂，光靠仪器怎么能行？还得有经验，好多经验都是用命换来的。比如说，出海两个小时，返程也该是两小时左右，如果返程时间超过两个半小时，一定是船跑偏了，要赶紧调整方向。比如说，大雾天看不清码头，可以用绳子坠着秤砣沉到水底，测一测水位，就能判断出船靠在了哪个码头。初旺码头是十二庹水，靠山是八庹水，八角是六庹水，马家是六庹水，芝罘岛是十八庹水，老铁山是六十庹水……老渔民一边说着，一边用手比划着，五尺算是“一庹”。比如说，鲸鱼是追着鱼群跑的，发现鲸鱼之后，把竹竿插进海里，把耳朵贴在竹竿上，通过竹竿的震动幅度可以判断水中鱼群的大小。比如说，越是刮风，水流越大，船越容易跑偏，这时候顶风行船，角度要稍微倾斜一下，方向才能正。海上刮西北风，就要尽量靠西行船；顺风的时候，船不能靠岩石太近，那样容易翻船。比如说，初旺周边的几个码头各有特点，遇风的时候，船在哪个码头附近，该继续行船还是靠岸停泊，这都是有规律的……

老渔民一口气举了一堆例子。这些例子，在他身上是日常的，对我来说却超出了日常经验，听起来倍感好奇。古人有“望海为田”的说法，把大海视同大地，这实质上是一种农耕思维对海洋文化的所谓理解。这种理解的局限性，恰是渔民与农民的最大差异之所在。农民守着一亩三分地，春耕秋收，遵循季节规律去劳作，年复一年，世世代代；而渔民在苍茫的大海上，每时每刻都要面对意料不到的新考验，每个人的遭遇各不相同，有更大的不确定性，需要具备更大的灵活性。老渔民说，鱼群一天一夜可以游走六十里地，今天在这里打了鱼，明天就应该离开此地三十里左右，抄鱼群的中段撒网，命中系数才是最高的。再瘦弱的渔民，体内也积蓄着惊人的爆发力，会在海上的特殊时刻被激发出来。一个人，一艘船，赤膊与大海的风浪搏击，没有外力辅助，只能依靠自己的体力和脑力。在渔村，渔民大多不善言，行动也不敏锐，他们没有多少文化，却懂得应对海上的各种状况，遇到险难时，平时藏在体内的智慧和力量被激活，他们瞬间变成了跟大海搏斗的人，有勇又有谋。

老渔民说“遇风了”，就像说一餐饭那么日常。每一次出海，都意味着遇风的可能，这是渔民命运中不可规避的一部分。旧时的渔船主要是木制的帆船，“帆”与“翻”同音，这是渔民最忌讳的，他们称“帆船”为“风船”。他们接受风的存在，说话的嗓门一般都很大，这是因为他们说话的声音要盖过风浪的声音，对方才会听到。渔民习惯弓着身子走路，远远地看去，会看到风的痕迹。“遇风了。”他说得如此平静，以至于我觉得他是在讲述别人的故事，而不是自己九死一生的亲历。

我一直以为，船在大海里航行，也是要有根的。不是传统意义上的根，是身处风浪中，在巨大的不确定性中，心中要有信念，对于远航的信念，对于归来的信念，还有对于一些未知事物的敬畏。不管这个世界如何变幻，一个人要有一种不变的东西，始终珍藏心底。

远洋货轮，一般不会空船航行。早年的“压舱石”后来由石头换成铸铁，全世界通用。如今这种方式也少用了，船上有压载舱，通过向舱室压水的方法调整。

船要远航，一定要有自己的压舱石。它可以不是石头，不是金属，甚至也不是什么科技手段。是自身所携带的重量，让船沉稳。如果说人生是一场远航，那么每一个人的内心也有这样一块“压舱石”，只是有的被看见，有的秘不示人。

“给它锚了”

老船长永远记得第一次看到轮船出现在八角湾的那个傍晚。夕阳把海湾染成了红色。他从村子的大街上斜斜地走过，很快整个村子就动了起来。村人纷纷涌向海边。他们看到，那艘船向着八角湾越来越近了，船上没有白帆，也听不见号子，船面上显得有些空荡，几乎见不到人的影子，只见到船在海面上滑行，身后拖着烟囱里冒出的浓烟。那烟，在海面的上方渐渐变成了云彩的样子，让人觉得整艘船都是轻盈的，不费任何的力，就那样在海面上滑行。

这艘轮船是冒烟的，他们自然想到了火，称这船叫“火轮船”。在当时的渔民看来，这船竟然不用摇橹，不用划桨，就在海面上那么轻盈地穿行，简直不可思议。他们用这种心态来看待和评说现实中的人与事，对那些推诿扯皮、不想出力，也没有什么责任心的人，就说他是“推了火轮船儿”。火轮船的出现，对他们来说是一个观念的革命。二十世纪五十年代末期，机帆船出现；六十年代，出现了渔轮；到七十年代，老式帆船基本被淘汰了。人们对于科技的发展，越来越习以为常。老船长想到使风船的那些日子，一声叹息。他年轻时出海，用的都是木制帆船，靠人力摇橹。开木制帆船，太苦太累了。人在海里，双臂摇橹，像海浪一样，永远不能疲倦停歇。这是一个人对整个大海的抗争，他用双臂，在海浪中拨开一条回家的路。船在码头起锚或落锚，是最出力的时刻，需要大伙齐心协力，各种劳作都有各自的劳动号子伴随。比如起锚号、落锚号，还有撑篷号、摇橹号，等等，各种号子铿锵雄壮。岸上的人听了这号子，就知道船在水里有多费力。那苦那累，都没法说。他试着说，最终也没有清晰地说出。那种苦和累，是全身心的，它们几乎是全方位地侵入一个人的肉身和精神，让你不知道该从哪个具体的地方说起。无法描绘，也无法说出，它们存在于你的身上，而你却无法说出它们。

渔民的劳动工具是渔船，这不同于农民所使用的农具。劳动工具本该具有可操作性和适用性，可大海使航行其上的渔船带上了不确定性。或者说，劳动工具本是服务于人的，而渔船在海里却失控于人，将人置于巨大的不确定性之中。这种时候，是锚，给出了某种确定性。把一艘船放到海上，把一个人放到船上，这时更容易理解大海，也更容易理解锚。如果再加上风，加上雨，这种理解会更深切。有经验的老船长说，风浪来时，最好的应对法子，是把船锚住，这样才不至于随波逐流。

最初用的是石锚，一块长石，中间刻有渠槽，系上缆绳，就是一只锚了。如今用的是铁锚，三个锚齿，一根长柄，还有锚链和缆绳。停船时，渔民把锚抛入水中，起到固定船只的作用。下锚前，抛锚人会高声喊道:“给它锚了！”这样喊，是为了避免伤害船周围可能出现的潜水者。不能喊“抛锚”，也不能喊“下锚”，这样不吉利。行船时，将锚拉上船，名曰“起锚”。也有的说是“拔锚”，很形象，把锚从水中拔出来。在使用机动船之前，拔锚靠的是人力，需要船上的人喊着起锚号子，一齐用力。

“船到了，锚也到了。”这是渔民的口头语，说的是事物的整体性和关联性，有水到渠成的意思。简单的一个“到了”，省略了途中的太多风浪。风浪是这句话的语境，是潜在的背景。这些在大海里经历过风浪的人，懂得如何言说风浪。同样是这句话，倘若换作特殊的语境和语气，传递出的则是一种消极情绪，锚成为船的附属品，是被动之物，有随大流的意思。

渔民对生活的理解，是以风浪为背景的。海是他们讨生活的“田地”。人在海上，就把自己全部交给了命运，他们知道，一个人，甚至再多的人，也是没有力量跟大海抗衡的。他们知道大海的力量。他们亲眼看到海浪一夜之间把岸边的石头全都拍碎，也曾亲历过海上的大风大浪，体验过那种侵入骨髓的绝望。“船在坞里，人在铺里。”这是渔民所以为的最安逸的生活。这样的话，朴素到了极致，不带什么感情色彩，却包含了太多的风浪。旧时民间造船和修船，在海滩选一处高地，叫作船坞。新船造成了，大伙推船下海，即是下坞。倘若有大风浪，船在港里也有被风浪拍坏的可能，渔民通常要把船拉上岸来，才可放心。所以听旧时的拉船号子，能听出一种暴风雨降临前的紧迫感。渔民最惦念的，永远是船。不管是出海时，还是归港后，船是他们生活的必需，也是无法释怀的惦念。铺，也叫船铺、渔铺、网铺，是渔民出海之前和靠岸以后落脚的地方。我曾在海边见过渔铺，是很简陋的一个小屋，地上铺了草，有渔民躺在上面睡觉，脸上漾着幸福的笑意。风浪在不远处咆哮着，他觉得那风那浪已经与己无关了。这小屋，与不远处的大海有着千丝万缕的关联，不知道曾有多少出海人在这里安然入梦。我曾在这小屋里待过一整天，阴暗，潮湿，觉得整个世界都被这个小屋拒绝了。想起乡村里被废弃的磨坊，我曾独自在那里度过了若干无助的日子。磨坊里有个蜘蛛网，在窗口的位置。窗早已破损了。蜘蛛在窗口结网。风吹来，网在风中晃动。我把这个细节写进少年时代的文章中。三十多年过去了。在写作此文的过程中，突然想起这个情景，一个人坐在那里，长久地无言。这样一张生命之网，从来没有停止过在岁月中的飘摇。那个人，如今坚定多了，他知道自己想要什么，一直没有放弃梦想。他的梦想是单一的，只有局部的斑斓。这已足够，他并不需要其他。那间磨坊早已不在了。那间渔铺也不在了。作为客观存在物，它们消失了。作为一种情感依托，它们一直留存在他的心里。

船在坞里，人在铺里。人是安定的，与人的生存紧密相关的劳动工具也是安定的，这样的一种确定性，正是他们最为看重的。与此对应的，是他们在日常生活中的巨大的不确定性。

在渔村，每天天刚蒙蒙亮，渔民就聚集到码头了，他们看看自家的船，然后就站在那里，与同行们聊天。这是一天的开始。经过了一个夜晚，他们醒来最惦念的，是船。看到船在坞里，心也就释然了。他们很随意地站立着，面朝大海，开口说话，或者沉默不语。谁说，以及说什么都不重要，重要的是，每个渔民的在场。他们站在那里，遥遥地看着自家的船，一颗心才算安定下来。

太阳渐渐浮出海面。他们向村庄走去，新一天的生活就这样开始了。

渔灯

每年到了渔灯节这天，初旺渔村一下子就热闹起来。人们从不同地方涌向渔村，大街小巷停满了车，家家户户都在忙着招待客人，整个渔村洋溢着节日的气氛。

渔灯节是胶东渔民的一种祭海习俗，主要流传在烟台开发区境内的十多个渔村，已被列为国家级非物质文化遗产。渔灯节那天，渔民们抬着渔灯、鞭炮、大鲅鱼、猪头、饽饽等祭品到龙王庙或海神娘娘庙送灯，再敲锣打鼓，抬着祭品到自家船上祭海，最后到海边放灯。渔民陆续到自家船上祭祀的时候，秧歌队已经进了码头，鼓声、号声、鞭炮声、欢呼声，此起彼伏，如浪似潮。码头上、船上，人山人海。到了下午 3 点左右，鼓乐停止，鞭炮渐渐稀少了，被掩盖的海浪声又开始哗哗作响。

夜幕降临，开始送渔灯了。渔灯制作精巧，一般是用萝卜、胡萝卜刻制或用白面捏制，内设油盏，用“仙草”缠棉絮做捻，倒入蜡油。现在改用蜡烛。渔灯渐远，宛若星光点点，整个海面都变得迷离，温馨。村子的上空燃起了烟火，起起落落，遥相映照。跟白天的热闹相比，此刻的大海与渔村变得安静了许多。这安静里，有着渔民的思念与祈祷。

渔灯节起初是为了求平安的。人在海上，安全是最大的事，很早以前的安全没有任何保障，只能听天由命。只要刮风下雨，妇女就在家里提心吊胆，担心海上出事。据村里老人回忆，经常是上课的时间，学校里就有人被叫出了教室，然后哭着往家走。看到这一幕，老师和同学都知道，村里又有人在海上遇难了。

在没有罗盘的年代，渔民在大海里是依靠观看天象来判断方向的，这里面有一份对于未知的、不可及的事物的敬畏。想到茫茫大海，想到这个百舸争流的时代，“渔灯”显然具有别样的隐喻意味。

在原初的生活里，渔民需要渔灯，并且把渔灯作为一种信念坚持下来。烟台开发区作为改革开放的产物，作为新时期的一个特殊经济区域，在开发建设过程中，何尝不需要文化的“渔灯”？从这个意义来看，“渔灯节”不仅仅是民俗层面的城市名片，更应该成为一个城市的内质。随着时光的流逝，这种内质将会越来越绽放光芒，不是耀眼的光，是那种不管遭遇什么磨难，终将烛照并且引领那些行路者的光。

烟台开发区所在地，改革开放之前还是小渔村，如今变成一座新城。渔灯节所依托的载体，不管是海洋渔业还是乡村传统，都在日渐消失。

初旺渔村在开发建设中被保留了下来。工作单位距离初旺渔村有三十多公里的路，我时常坐在办公室想象那个渔村就在自己面前，每当谈及城市规划与发展之类的话题，我就会想到那个渔村，觉得它是应该保留下来的。这个想法，更多是出于一种审美的念旧情绪。当我走进初旺渔村，与这个渔村的渔民打成一片，我才真正理解了这个村子，理解了这一群人。我们对他们的想象和预期，有很多不对称的地方，而所有的结局，也许都可归结为“变化”所致。越是处在变化中，越要有所不变。有经验的老渔民，在风浪大作的时候，通常会更加用心地固定好自己的锚。

城市灯火通明。很难想象，没有灯火的城市夜晚，我们该如何度过？而在并不遥远的过去，渔民在茫茫大海上，没有灯，看不到方向，只能凭着经验和感觉，在风浪中寻找一条属于自己的路。一位老船长曾经亲口向我讲述了他十四岁那年在海上迷路的遭遇，是一盏灯，指引他找到回家的路。在茫茫大海上，一盏渔灯给予夜航者的温暖，是语言难以表达的。

渔民在海边放走渔灯，明知它们并不能走远，依然一辈辈坚持做了下来。在初旺渔村，我先后采访了五十多位老船长。这是一些到大海中去，从大海中回来的人；这是一些经历了大海，内心藏有风浪的人；这是一些并不言说风浪的人。海是他们生活和生命中的一部分，他们对待海的态度，即是对待生活的态度，他们的日常生活与大海息息相关，该做什么，不该做什么，什么是可以做的，什么是不可以做的，都有确切的自我要求。对大海，他们始终怀有一颗敬畏之心。

渔港码头曾是初旺通往外面世界的必由之路。如今村里也通了公交车，各种车辆停满街头。偶尔可见渔民修网的情景。水上的捕捞工具和路上的交通工具同时占领这个渔村。在居民安置小区，我听到那些已经住进楼房的老渔民说，每年仍要回到村里过渔灯节，虽说不如以前热闹了，好歹有这么个活动，心里有些安慰。

当我们谈论渔灯的时候，我们究竟是在谈论什么?

是在谈论历史与未来，是在谈论理想与现实，也是在谈论创新与传承。对渔灯文化的观照，理应放在改革开放与城市化进程这个大背景之下。关于渔灯的一切，都可归结为对于一座现代化城市的观察与反思，可以从中发现“一个小渔村里的开发区”，以及“一个开发区里的中国”，它们互为背景，是有潜在关联的存在。

“中国渔灯文化之乡”授牌仪式那天，海边风很大，我没有想到会那么冷。当地的一个熟人从车的后备厢里拿出一件军用大衣，借给我穿，他说常到海边的人，是知道给自己准备一件棉衣的。我穿上棉衣，感觉暖和了许多。此前，我曾经以为自己也是海边的人。“海边”对我来说，是一种漫步，一种审美，甚至是一种所谓的抒情；而对于渔民，“海边”是最真实的日常生活，是不得不面对的生存境遇。

在烟台开发区，居民陆续搬进了楼房，渔灯节的几个代表村落，比如山后陈家村、山后李家村、山后顾家村，都已搬迁了。在初旺渔村的那段日子，我每天都会散步到那几个村落，在那里站一会儿，然后掉头往回走。搬进了楼房的渔民，生活方式改变了，渔灯节也随之发生改变，它更多地成为一个怀旧的节庆。走在锣鼓声中，我看到一个老渔民把一盏渔灯放入大海，然后站在原地，沉默地面对大海。

有所讳

人类对鱼的命名，往往蕴含着自身的诉求，诸如吉祥、安康、喜乐，等等。这个命名的过程，在民间传说中常与帝王发生关联，似乎这样更具所谓合法性。比如加吉鱼，这是一种只在渤海湾才有的鱼。民间有“一鱼两吃”的说法，就是一条加吉鱼做两道菜，一道是清蒸加吉，另一道是加吉鱼头汤。不管是清蒸，还是原汤原汁，味道都很鲜美。相传唐太宗李世民在登州出海，一条闪着红色鳞光的鱼跃上船头，李世民问这是什么鱼，群臣不知，请皇上赐名。李世民说：良辰吉日，吉上加吉，就叫加吉鱼吧。加吉鱼由此得名。这是传说，不必当真。加吉鱼代表着吉祥喜庆，家有喜事是一定要吃加吉鱼的，这在民间已是共识。

在民间，朴素的人们可能没有高深的文化，但他们知道，要想获得吉祥与喜庆，既要努力去做事，去追求，同时也要内心有所忌讳，懂得拒绝一些事物。在他们心里，不该做什么，比做什么更重要。不做什么，有时是一个很高的标准，有时又是一个基本的底线要求，需要克制欲望，把握分寸感，需要更强大的内心定力。我有一个看法，评价一个人，不仅要看他做了什么，更要看他不做什么，后者有时候比前者更为重要。在渔村，听渔民讲述他们与大海的故事，常听他们谈到禁忌。这些禁忌的特殊在于，它们不是靠外力来约束的，主要依靠内在的力量，直到成为一种自觉行为。在渔民看来，禁忌不是关乎道德，而是关乎性命，如果犯了禁忌，他们在海上不确定的生命就会失去依靠，变得更加不确定。

渔民出海，常会遇到神奇和神秘之事。海之大，无奇不有，有些不足为怪。有些是因为当事人的个人理解。一个人的心里装着某种东西，他就会从一些陌生奇异的事物上获得某种印证。这在民间尤其常见。他们找不到可以说服自己的理由，除了自己所以为的那种理由。

“船小网破水进舱，下铺海水上盖浪，一年四季漂大海，多少渔民葬海洋。”这支渔歌，在渔村一辈接一辈传唱下来。这是他们的日常生活。他们一次次走向大海，走向自己的命运。一只小船，一个人，在大海里。一个人在海里所经历的，只有他自己心里清楚。那些亲历过的风和浪，是无法言说的。对于那些无力应对的危险，他们希望通过自身的虔敬来化解。他们有所讳。什么该做，什么不该做；什么该说，什么不该说，他们都有很自觉的自我要求。渔民出海，生活垃圾不许扔进海里，要带回岸上，否则龙王爷会怪罪。船离岸远近不叫远近，叫“高矮”。他们所说的“海上”，往往是指渔船集中的码头。船在渔场撒网，讲究先来后到，后来者绝不能拦人网头。下网时，不能大声说话，鱼的听力很灵敏，听见以后嗖的一声就走了。看到怪鱼不能问“这是什么玩意儿”。吃饭时筷子不能搁在碗上，因为筷子状若桅杆，渔船遇上了风浪无计可施时，才将桅杆放倒任船漂流。包括筷子这个名字，最初是被称为“箸”的，据说船家遇到逆风天气，停靠码头名曰“住船”，住船的日子，既误航期又增路费，所以船家都忌讳一个“住”字。“箸”与“住”同音，且是一日三餐都要使用的东西，他们觉得不吉利，就共同商议改名，称“箸”为“快”。这称呼很快就传播开来。后来，有人在“快”字上加了一个“竹”字头，也就有了今天的“筷”字。

饺子在锅里煮破了，要说“挣”了。饽饽蒸得裂了，要说“笑”了。碗碟碎了，要说“岁岁平安”。不小心摔了一跤，要说“捡了个大元宝”。再比如“蒜”，因为与“散”音近，胶东渔民觉得不吉利，就称之为“议和菜”。这是一个多么形象和浪漫的名字啊。依照这个名字再看大蒜，若干的蒜瓣，齐整地抱作一团，很是好看，好看之中也越发觉得这种寓意的准确。

这不仅仅是语言的替换，更是一种乐观对待挫折的心态，当然也包含了那么一点点的自我安慰。生活中，他们正是靠着这份自我安慰，才熬过了诸多的苦，消解了万般的难，把看起来无望的日子咬紧牙关过了下来。在艰难中自我打气，在困窘中相信有一丝光，这是一种来自现实的无奈，也是在无奈基础上生出来的一种生存智慧。正是因为这种生存智慧，一些看起来不可思议不可逾越的东西，在民间得到了解决。这是一种被忽略了的“奇观”。

过年这天，五更时分，一定要吃五更饭的。五更饭有很多讲究，一定要有鱼，据说五更吃鱼能年年有余。还要吃豆腐，寓意有福；吃发糕，包含了对“发”和“高”的向往。也喝点酒，意思是一家人富贵长久。但是不能吃鸡蛋，因为“蛋”与“断”音近。吃完了五更饭，胶东人有个说法，要看看蜡烛上面的灯花如何。如果灯花呈花瓣状，齐整且有序燃烧，来年庄稼就会有好收成。如果灯花烧得走了形，他们认为来年的生活就会有诸多不顺。在甘南冶湖，我曾听当地人讲起，藏民有个传统，每年农历十五这天，他们向冶海投掷五谷。等到冬季，冶海天池的湖面结冰了，冰面是各种图案，当地人称之为“冶海冰图”。藏民会来看冰，看这冰图中有多少五谷的图案，以此预测来年的庄稼收成。

鱼也是有生命的。对待任何生命，都应该有起码的尊重。渔民遵循“春捞秋捕，夏养冬斗”的作业方法。其中的“夏养”，既要保养船网工具，又要养大鱼苗。那时没有休渔期，但是渔民自觉遵循的“夏养”，比后来国家法定的休渔期的时间还长。春末夏初，是鱼卵孵化、鱼苗成长的时节，渔民就把舢板抬上岸，把网收回来，在此后三个多月的时间里，不再出海捕鱼。

人的不当行为导致海洋环境的变迁，最终反作用于人类社会。在这个过程中，最先受到影响的自然是渔民自己。他们解决这个问题，是从对自我的约束开始的，他们相信只有做到日常中有所禁忌，才会最大限度地规避那些不可预料也不可控制的灾难。他们跪拜大海，在祭海的仪式感中，自有一份敬畏。不仅仅是敬，敬到一定的程度，还产生了畏。因为有敬畏，他们有所讳，无论是语言还是行为，都有很清晰明确的自我要求。他们相信自然中有一种神秘的力量，是可以主导和控制一些什么的。他们以虔敬之心祈盼风调雨顺，有个好收成。而所有这些收成，都建立在勤恳的劳动之上。他们把自己能够主导的那一部分做好，把剩下的交给敬畏之心。这是最朴素的对于美好生活的祈盼。

渔村禁忌，一代代沿袭下来，有些得到了不断强化，有些在时间中变得淡了，用今天的眼光来看这些禁忌，大多可归因于落后生产力条件下人类对大自然认知的局限。特别是，在无力与大自然抗争的情况下，人是很容易生出恐惧感的，他们所能做的就是约束自身的行为，向大自然（未知的事物）表达自己的谦卑与敬畏。这只是一种解释。问题是，随着科技的发展，人类对自然的认知已越来越“清晰”，而那些禁忌却并没有过时，仍然显得必要。

对自然有所忌讳。对手中的事，有所敬畏，有所节制，这是多么重要。

而另一个现实是，随着人们的生活方式的转变，这些民风民俗仅仅留存在老年人的记忆中，年轻一代越来越淡漠。他们追求自己的生活方式，而这种生活方式的转变，让他们离那些民风民俗越来越远。很难想象，在不远的将来，那些民风民俗将仅成为书本里的记载，在现实中再也难以见到踪迹，甚至连基本的参照也难以找到。

年轻人不是不愿意关注这种民俗，而是承载了这种民俗的生活已经离他们越来越远，以至于陌生了。

仰观与俯察

渔民认为海中是有神灵的，他们在海上亲见或亲历了各种奇异的事，无法解释，就归之于神灵。祭海是他们最虔诚也最隆重的仪式。

在胶东半岛，祭海一般是在春季谷雨前后。渔民祭祀的海神，主要是东海龙王，还有海神娘娘，以及众多当地的神灵。神在他们心里更多是对应一种敬畏，并不确指。在胶东沿海，可以看到同时祭祀诸神的场面。

早在夏商周三代，就有帝王祭海之举。到了秦代，官方祭祀四海，已成为定例。秦始皇曾三次东巡胶东半岛，他派徐福出海，寻求长生不老之药，举行了盛大的祭海仪式。根据史书记载，官方会在春夏秋冬四季，分别祭祀东海、南海、西海和北海。其中立春祭东海，是在莱州。这些活动，都是记录于官方典籍的。而民间的祭祀活动，以习俗的方式流传下来。在漫长的时光中，那些曾经强大的事物，在时间中被弱化掉了，民间习俗以其超强的韧劲和微弱的力量，穿越历史风尘，留了下来。

在祭海现场，我总被这种虔敬的仪式感打动。渔民做事，比如出海、排船、唱渔家号子，等等，都是讲究仪式感的。渔家号子越来越少听见了，这跟渔船的自动化程度越来越高有关，已不需要依靠“号子”来凝聚力气。在一些特殊场合，常会听到类似渔家号子的声音，却总让人觉得它们与事物本身隔了一层东西。唱的人不是具体的参与者，只是拉拉队，所以也就缺少了切肤之痛。更有甚者，那些声音不过是某些人的摆拍与表演而已。而真正的渔家号子不同，是渔民为自己而呼而喊，这种形式更多的是服务于他们所做的事，而不仅仅是作为形式而存在。

如今出海已不是渔村的主要谋生方式，很多渔民搬迁到了楼上。他们在楼上的窗口看海，可以看到海的更远处，那是他们曾年复一年去过的地方，却没有留下任何痕迹。祭海的仪式感，从此转化成了一个人的内心事务。老渔民说，白天骑车去海边走走、看看，夜里才会睡得踏实。他说住在楼房里，也像在船上，有飘摇感；在楼上看星星，觉得星星更模糊了。每年渔灯节，他都要去到海边，现在不打鱼了，这个习俗还是要坚持下去。对大海，老渔民这代人应有这样的态度；在年轻人眼里，渔灯节只剩下了热闹。

对与大海打交道的人而言，祭海是表达敬畏的一种方式。今天大海所面对的，更多的是游客，他们有太多的想象和抒情。

我更喜欢一个人的仪式。不借助于其他，依靠内心的自觉，不放弃对自我的反思与追问，以及相关的自我制约。无论时光如何转变，一个人都要懂得仰观与俯察，时刻保持自省，内心有所凭据，行为才不至于空茫。

那天参加完了祭孔大典，接下来就是参观，跟随导游去看庙宇和山水，行程安排得越是紧凑，我的内心就越是空落。在孔子故里看水，遥想他当年慨叹“逝者如斯夫”，我所看到的，只是一片水，无异于任何地方的任何水。甚至，我觉得那水也是有些浑浊的。逝者如斯夫。一个人的面孔清晰起来，整个世界的面目也渐渐清晰起来。而所有的一切，都要归于日常，都要拥有正常的体温。我更喜欢那些庸常岁月。胶东半岛有个习俗，日子再穷也要按时节给老人送时新的食物，这叫“变变季数”，有钱，就多买；没钱，就少买。总之是要买一点的，这是对老人的孝心，也是他们对待季节轮回的态度。

在贫苦的日子里，人们也有自己的仪式感，逢年过节，这种仪式感会格外稠密强烈。

“有钱没钱，买画过年。”贴了年画，整个家都是新的，整个心情都是新的，每一个日子都是新的。也有贴不起年画的，就用旧报纸贴一下，那也是好的。我小时候从墙上的报纸中识了好多字，贴在天花板上的字是倒立的，这逼迫我习惯了转换视角看字，还有看人和看事。过年，除了穿新衣、吃好东西，就是大扫除了。陈年的灰尘，是一定要清扫干净的，否则在村人眼里就是过了一个稀里糊涂的年。家家户户都要蒸包子，做大饽饽，提前备好足够吃到正月十五的面食。这样做，为的是过年期间就不再忙活了，劳累了一年，过年要好好歇歇。大年三十的中午，父亲带领我和弟弟一起贴春联，红彤彤的春联贴到了门上，仿似来年的日子。老宅常年闲置，平日很少过去，大年三十这天是一定要过去贴春联的。到了除夕夜，不说不吉利的话。民间有个俗语：

“大年五更死个驴，不好也得说好。”驴是农家的劳动工具，驴死了，对农民来说意味着日子没法过了，但仍然不能说不好。

正月初一这天，家里不扫地，不掏锅灰，不做针线活，不做劳动。不扫地和掏锅灰，是有一些说辞的，怕把“福气”给弄丢了。不动针线，因为农家妇女一年到头做针线活，从无闲暇，过年是一定要给自己“放假”的。初一的饺子，母亲会包进硬币、大枣和糖果，谁吃到的硬币多，就意味着谁来年挣钱多。这让我们觉得大年初一的饺子与平时的饺子是不同的。参加工作后，母亲仍旧这样包饺子，我觉得把硬币包在饺子里不卫生，母亲说这几枚硬币是我们家年年专用的，用完了就包起来，再用时反复洗净，外人从没用过。听罢方知其中的精细和讲究，我为自己的想法而感到羞愧。初一这天吃饺子，也会给院子里的树浇点饺子水。家里养的鸡鸭鹅，这天也会给好吃的。孩子们要在门栓上吊一下，这样就会长高个儿。一年到头吵架的家庭，在大年初一这天也不吵架了，家里养的狗，脾气再大，见了拜年的人，也不乱叫乱咬。

过完元宵节，村人会把豆面灯切成条晒干，用来做菜。味道很特别，大约是因为曾经燃烧过，残留了火的味道……

如今再回村里过年，已没有年味了。街上拜年的人也稀稀落落，一条街能空出一半，很少有人居住。村里五十岁以下的人，大多外出打工了。

多年来，我远离故乡，日渐淡忘了这些习俗，心里装着外面的世界，惦念那些看似更为重要的事物。在银河系里，地球不过是一个白点。人类在地球上相爱相杀，制造了那么多的爱恨情仇。这是有意义的吗？地球上不仅仅有人类。我一直以为，石头与石头之间也是有语言的，只是人类听不懂而已。

看看头顶的天，再看看脚下的地，心中有所思，有所畏，这是一个人的仪式。

第四章

八角湾往事

赶小海

八角湾大多数时候是风平浪静的。渔民祖祖辈辈守在这里打鱼，海上出事的很少。再大的风，刮到了八角湾，都会变得无力。当地人感慨，八角湾真是一个好湾啊，老天再大的脾气，到了这里也没脾气了。他们相信这个湾是有一种神奇力量的，它可以消解一切苦难，一切风浪，一切不可预知的因素。

沿着八角湾，有若干渔村。同样是傍海而居，同样是出海打鱼，村子与村子却是各有不同。比如说八角与初旺，两个村子相距不远，初旺渔民主要使大船，出远海；八角村的渔民，大多用小船，只在八角湾里转悠，早晨出海，晚上归来。一个来自大西北的作家朋友曾说过，不靠近海的人，到了海边一般是说“大海”，他们对大海充满敬畏和想象。而常年生活在海边的人，在谈到海的时候很少说“大海”，他们只说“海”，更加日常化，像是对待身边的熟人一样。

到海边捕鱼摸虾，渔民们谓之“赶小海”，这称谓是颇有意味的。所谓赶小海，不是海小，而是只取大海的很小一部分，他们这样对待身边的海，节制，没有太多奢望。那个喜欢赶小海的老渔民说，家里来了客人，想吃海鲜，直接去海里“拿”都来得及。他用了一个“拿”字，看似轻松，其实并不然。这是一个技术活，对待不同的海物，要有不同的招数。比如蛸，学名章鱼，也称八爪鱼、八带蛸，这种鱼平时用腕爬行，有时借腕间的膜伸缩来游泳，或用头下部的漏斗喷水作快速退游。蛸通常是晚上出来的。有经验的渔民会用一米多长的粗铁丝掏蛸，他们把带有尖钩的一端，插到礁石缝里，慢慢转动，直到感觉有软物了，再慢慢把铁丝掏出来，大抵就是有蛸了。他们懂得辨认沙孔，知道什么样的孔里有蛸，用两根铁丝往沙孔里一捅，就把蛸弄上来了。掏到的蛸，要用铁丝把蛸的头部串起来，否则容易跑掉。一晚上可掏十多个蛸，平时拿到集市上卖，家里来了客人，就用来招待客人。蛸既没有壳也没有刺，全身是肉，吃起来很有“咬头”。

在贫寒的岁月，赶小海是有特殊意义的，大海眷顾每一个日子难熬的人。八角村以前主要种地，对渔业不重视，不购置船。老渔民年轻时，村里只有一条船，用来赶小海，下小网。村人赶小海，都是推着独轮车，用坛子盛放海物。因为害怕坛子被碰碎，只好背着，坛子在背上滚来滚去，很是累人。人们一开始是用马灯照明，后来换成了一种自制的“嘎斯灯”。赶小海的收获，主要是海螺、海蛤、蚬子、海蛎子，海菜特别多。二十世纪六七十年代，八角村是以农业为主的，老渔民每天早晨往山里运几趟粪以后，再去赶小海。飞蛤是藏在沙里的，用脚去踩沙，不时会有飞蛤被踩出来，贴着水面飞跑。那时海里的鱼多，肉也厚，主要是梭鱼，用网直接抄就可以。渤海湾里有一种虾叫“琵琶虾”，也被称为“爬虾”，长相难看，味道却鲜美，剥皮比较复杂，以前当地人是不屑于吃的，捕捞上来就埋到土里沤成肥料。那时海参很多，捡起来黏糊糊的，容易化掉，他们觉得不如吃扇贝之类的。还有“扒皮狼”，学名叫“马面鱼”，当年也是不受待见的，海边的空地堆满了这种鱼，如今很少见了，成为珍稀海鲜。

关于赶小海，那个老渔民是渔村公认的高人，一个传奇式的人物。我在村里找到了他，人很普通，木讷寡言。老人不知年代，不知自己的年龄，时间概念只有三个：先前，今儿和明儿。他把生命划分成了三个部分，所有人的生命在他眼里也只有三个部分，就是昨天、今天和明天。听他谈论旧事，我以为是一个观照历史、现在和未来的特殊视角。这个简化时光的人，给了我最为重要的关于文化的思考，那些看似漫长的时光，其实不过是昨天、今天和明天。这个老人，出海三十五年，打了一辈子鱼，却从不吃鱼。每天驾着小船在海里，却不会游泳，有次他救一个落水的人，自己差点淹死，住了很长时间的院，花了一大笔钱。他老婆提起这件事，似乎还不能释怀，他则只是在旁边嘿嘿地笑。在他的身上，一点也看不出灵巧劲儿，更看不出他是村里公认的赶小海的高人。

二十世纪六十年代末，他白天在养殖场干活，晚上赶小海，用电筒照蟹。蟹子通常是晚上跑出来，天亮了就回到洞里。他从石头缝里照蟹子，手电筒的光照到哪里，眼就得到哪里。蟹洞外面有黑泥，即为有蟹。凡是他看到的蟹子，能逃脱的几乎没有。他谈及这些时，有些小得意。他照蟹子的水平高，在村人的言说中是公认的，甚至带有一些传奇的色彩。他说自己曾一潮照过五十多斤蟹子。他脱下裤子，把裤脚扎上，用来装蟹子，装满了，把裤口扎死，然后搭在肩上，像是扛的干粮。在当年，这些蟹子也确实就是干粮，是全家不挨饿的保障。最穷的时候，家里只有一瓢地瓜干，四个孩子张嘴等着吃饭。他说，赶海哪有什么兴趣和技术，都是被逼出来的，在吃不上饭的年头，真的是要感谢大海，让老婆孩子没有挨饿。炊烟缭绕，整个村庄就像一幅画。海在不远处，像是一个巨大的沉默。

他特意强调说照蟹子必须得自己一个人干，如果有一大帮人跟随，水就被搅浑了。有年轻人想跟他学艺，跟在他的身后，很快就跟丢了。他走路的速度太快，年轻人也跟不上。

他一个人沿着海滩走，影子忽长忽短，在海浪的暗影中若隐若现。一个身怀特殊技艺的人，独来独往。赶小海的时候，他的眼里只有渔获，不在意别人的眼光，他所走的路，不以任何人为参照，只是跟着自己的感觉走，越走越远，越走越孤单。他从来没有觉得自己的这个特长是一门技艺，他说都是被生活逼的。

海岸线被他的影子时而拉长，时而缩短。他的一张脸，在海潮中渐渐变得清晰起来，一起清晰起来的，还有他篓子里的渔获。收工了，没有收获的喜悦，也没有紧张劳作后的疲惫，他就是那个样子，一声不响地朝着家的方向走去。他每天赶小海的收获，都由妻子带到集市卖掉，换回零花钱，补贴家用。

这个素朴的老人，说话只会表达基本的事实，没有任何的言说技巧，也不看对方的脸色，不考虑对方想听什么话，只是说出他所知道的，他所做的，没有任何的修饰。他说完，就停住了，看你，嘿嘿地笑。他说那时村里以农业为主，村人所做的一切都与种地有关，凡是影响种地的事，都算不得正事。下雨开水沟，刮风捡石头，即使是在农闲时节，出门也得背个粪筐，沿路顺便拾些牛粪，用于烧火或施肥。赶小海显然不在农事序列，而且是要耽时误工的，捉鱼摸蟹的水平再高也被视为杂耍。他并不理会这些，单枪匹马，一个人捉鱼摸蟹，硬是把村人眼中的杂耍做成了绝技。他从海边走过，眼里全是各种海鲜，从沙滩上的蛛丝马迹就可以做出一个关于鱼虾螃蟹的精准判断。这判断，源于他从小与海打交道，源于那些以海为生的贫寒岁月。他打了一辈子鱼，也种了一辈子地，如今不再出海也不再种地了。他说老了，越来越不中用了，每天最好的光景就是到海边转悠一下，看看海，吹吹海风，心里就踏实多了。

他说海的变化太大了。我问他具体什么变化，他却沉默了。

他说在海里看磁山，跟在别处看的都不一样。想必，他出海，与风浪搏击同行，磁山是他回家的参照。是磁山，确认了他的回家之路。而对我们来说，磁山只是一个游玩之地，周末爬爬山，散散步，是一个休闲的所在。他看磁山，与我们看磁山，是显然不同的。在海与山之间，是一段唯有亲历才可理解的距离。

这个身怀绝技的人，讲述中带着海的气息。海那么大，海里什么东西都有。在最贫苦的日子里，他相信海会给他一点什么，让他和家人都活下去。海一直在身边。以前村人都可以赶小海，1989 年，这片海承包给了个人，不能随便赶小海了。大约到了2010 年，海又放开了，周边村子的人都过来赶小海，渔获越来越少，这海竟然有朝一日被捕捞空了，这是他以前未曾想到的。

他每天早晨都到八角湾走一趟，看看海，心情就舒畅了很多。大半生以来，这几乎成了他与大海的一个约定。以前每天的相见，是为了生活，为了吃饱肚子，活下去。现在不同了，赶小海成为生活的点缀，海鲜的特殊味道，更多的是来自亲身参与赶小海的过程。年龄大了，不再出海，整天待在家里，如果不去海边走一走看一看，他总觉得缺少了一点什么。我曾问他在海边看到了什么，想到了什么。他说海一直是那个样子，不管你怎么对待它，它都是那个样子。他这样说着，有些犹豫，接着却说，其实这些年海的变化太大了，最明显的就是海里的鱼少了很多，海水也大不如前了。

芙蓉坡

芙蓉坡上没有芙蓉树。那个九十岁的老人说，从他记事起，在那里就没见过一棵芙蓉树。我是第一次听说芙蓉坡，多么浪漫的名字啊。我请他带我去看一下那个地方，他说那里早就变成一片楼房了，其实那个地方是当地人都很熟悉的，只是无人知道它曾经的名字。划入开发区后，那里建了楼，修了路，路边移植了树木。我固执地以为，这里有一些轻盈的东西，就像芙蓉坡这个名字所蕴含的那样。那个村庄，那个村庄里的人与事，对我来说都是陌生的。我认得这些建筑，在任何一个城市，都可以见到它们，它们有着相同的经历和相仿的表情。

一个传说中的地方。一个在现实中找不到对应存在的地方。一个渐渐被人遗忘了的地方。若干年后，一个写文章的人从别人的言谈中，捕捉到了这个叫作芙蓉坡的地方，他觉得它对于这个城市，是有独特意义的。它的意义，就在于我们在这里生活，是否真正融入了脚下的这片土地？那些生活在这里的人，他们所携带的故事，都是与我们有关的，我们是否曾经真的在意过那些往事？

当年的八角村是很出名的，外地人来信，收信地址不必写得太详细，只要信封上注明“芝罘八角”，信就会准确无误地被送过来。一条沙河穿村而过。当年的河道，变成了如今的街道。村里的井水与河水都已不见了。旧址还在，已经无人在意，也没有人说得清。我在村里寻访知情者，村人以异样的眼神打量我，他们不理解这个外来人为什么会关注村里那些陈芝麻烂谷子。村中央的路，过去是一条沙河，现在被称为沙河路。村人喜好唱戏，在河的南北两岸扎起台子，唱对台戏，村人就在河道里看戏，别有一番味道。那是二十世纪三十年代之前的事了，他是听父亲讲述这段往事的。后来，村子不断扩大，随之有了二道河、三道河。如今，三条河道交汇到了一起，都是干涸的，没有水。用村人的话说，三条河“见面”了。我们走在八角的大街上，村人介绍说这里曾是河道。在街道中央，有一口老井。

我站在那里，看老井，遥想当年的情形。这口井，位于河边，筑有高高的井台，井台的石头光滑可鉴。井水与河水就这样相处了一辈又一辈。村人来这里取水，在井边说话，看河水缓缓而去。井水与河水的相处，其实并不是一直相安无事的。大雨时节，河水涨起来，渐渐溢出河床，漫过了井台，灌入井里。井被河水盖住了，井水与河水混为一体。等到大水过后，村人在井口架起辘轳，把井水一桶一桶地提上来，倒入河中，直到井里的浑水全部清除干净，可以看到井底的泉眼正在汩汩冒水，他们才放心了。这口被河水冒犯过的井水，重新恢复了往日的样子。生活一如既往，日子平静依旧。

当然也有不平静的时候。邻里之间的纠纷，就像炊烟之下的锅碗瓢盆交响曲，最终归于平静。在村庄，这种对矛盾的自我消解和处理机制，有时在情理之中，有时在情理之外。最关键的是，生活在海边的人，有所讳，有所畏。比如，一个人偷了邻居家的东西，拒不承认，邻居就把他带到妈祖像的跟前，说：你跟妈祖保证你没偷吧。那人沉默片刻，就承认了。

街上有渔市，人不多，也不少，买鱼的，闲逛的，稀稀拉拉。那口老井显得有些落寞，我站在井台向下看，一片漆黑，什么也看不见。

村支书给我一份材料，让帮忙润色一下文字。我看了一下，是写给街道办事处的报告，三件事：一是，八角村有两座宗祠，一座朱氏宗祠，一座陈氏宗祠，都有百年以上历史，被列入市级文物保护单位。每年春节，两座宗祠香火缭绕，成为村人的精神家园。朱氏宗祠的门匾由吴佩孚亲笔题写。八角村拆迁之时，申请保留这两座宗祠。二是，全村有四百多个海参加工户，都在自家院落里加工海参，户均年收入二十万元左右。拆迁后，有诸多不便，希望用村集体资金选一地址，统一建设一处海参加工产业基地，既可解决村民生计，也能维护海参产业品牌。三是，希望规划建设一处海神娘娘塑像，更好地传承渔灯节这一非物质文化遗产。

想起老渔民曾经说过，村里应建一个“农具博物馆”。很多农具都少见了，这让他发慌。他参与过村志的编撰，非常认真，关于当年的唱戏，谁参与过、担任的什么角色，他都逐个找到当事人，一一落实，绝不含糊。他说，一台戏再小，那也是历史。

那个夏天，他坐着公交车，几乎走遍了整个烟台市，能找到的老人，他都去见了面，一起把当年的戏回忆并确认下来。采访时他把村志的手稿找了出来，字写得并不好，修改得密密麻麻，可以看出他是逐一确认了的。村里修志，他还贡献了一个老物件，就是八角村 1933 年识字班的照片。这是村志上最珍贵的一张照片，上面有村小学的老校长。他说到这里，很是有些骄傲，面色渐渐变得红润了。他在讲述过程中，手机隔一会儿就会响起同一个声音："你好，欢迎光临。"其实并没有电话打进来，这是他设置的手机提示音，每隔半个小时就会响一次。这个老人该有多孤独啊，希望有人来访交谈。手机铃声则是"京剧"，他以这种方式抵御孤独。老人一直一个人过，他说只要自己还能动弹，就要坚持自己生活，这样也给了儿女自由。

这是一个活得通透的老人。当他讲述村志的时候，他知道这个村子很快就要拆迁了，自己很快就要搬上楼房，过上另一种生活。他说，村里的那些旧事，年轻人都不知道，也不关心了。

在街道办事处的楼上看八角村，已经是第 N 次了。每天吃过午餐，我都会站在北窗前，看不远处的那个村落。村庄建筑都是红瓦的，很是齐整，村庄的四周都是施工场面。同事用手指着说，那是烟台大学，那是毓璜顶医院八角湾院区，那是……八角已陷入一片热闹的施工现场之中。曾以为八角村近在咫尺，后来真的去到村子，才知道是有一段距离的。带我去的人是街道的包片干部，他开车在前，我开车跟在后面，他迷路了，我们绕了好久，穿过村子宽宽窄窄的街巷，终于找到了村委会。

离开村子的时候，我一个人开车，又迷路了。车开了好久，总算走出了村子，却又在村外的路网中迷了路。到处都是相同的面孔，我绕了好多的路，总算遥遥看到了街道办事处的办公楼。进村，出村，都是迷路的状态。我回望这个村子，一片红瓦房子，齐整地默立在那里。

那些日子，我每天都从这座桥开车走过，亲见了那些修路的人，那些施工的设备。它们只是成为我写作的一种底色。我只是一个过客，在行走的过程中遇到了这片施工场面而已，他们投身其中，在按照施工图纸劳作，至于这里在建设之前是什么，在建设之后将成为什么，并不是他们所关心的。对于这里，他们也是过客，与我并无本质区别。等到这里的施工结束了，他们会去到另外的地方。这里与另外的地方，对他们来说都是同样的地方，都是短暂的劳作之地。我曾问过一位民工：你对这里有什么感觉？他说没啥感觉，就是一个赚钱的地方，干完了活我们就走。他的话，平静，简单。

位于八角村中央的沙河路，也面临拆迁了。我走在上面，往前看看，再往后看看，我只看到路边的房屋，这条路与所有村庄里的路并无异样。我是听到了关于这条路的一些往事，才觉得它是有些特殊的。路边的陈氏宗祠，当年被拆除了一块，只为让路变宽。我和友人每天都走在沙河路上，去寻访我们将要采访的人。村人渐渐熟悉了，见了面，远远地打个招呼。我希望我的采访可以获得更多意料之外的素材，这个村子的百年历史，在我的眼里，只是写作需要的素材。我的情感，我的关注，并没有真正介入到村人的具体生活。我只是看到了我想看到的那一部分，截取了我所需要的那一部分，而已。至于那些现实的磨难和困境，我并没有用心去面对，甚至多说一句宽慰的话，都没有。

芙蓉坡上没有芙蓉树，甚至没有人知道“芙蓉坡”这个地方是否确切存在过。我记住了这个浪漫的名字，它与这个城市的过往有关。老渔民说芙蓉坡下曾经有个娘娘庙，在某年某月被拆了。在我的想象中，芙蓉坡应该是一个有故事的地方，我想到了以《芙蓉坡》为题写一篇小说，讲述我从未听说过的，也是我所不知道的故事，我不知道这个故事将从哪里开始，到哪里结束，我只知道自己有讲述的愿望，这种愿望变得越来越强烈，越来越茫然。

交流会

每年农历二月二十二日和六月十二日，是八角村“赶山”的日子。所谓的山，是指八角山。他们也把“赶山”称为“交流会”。老渔民是用方言说起交流会的。我听不懂，问了同行的村人，才确定是“交流会”这三个具体的字。这样的表达，太有文气了。在胶东沿海，这样的表达俯拾皆是，看得出这里在过去是颇有文化底蕴的。这里的人，随口可以说出诸如“反目”“能矣”之类的话，这是他们的日常用语。这些朴拙的人，这些勤苦的人，这些努力过日子的人，他们定期参加交流会。村人的农具，锄镰锨镢，一般都是赶山时去买的。周边村庄的人，每年到了那个日子，就走向八角山，像是一个约定。他们在那里随意地走一走，看一看，见了面聊聊天，说说话，这是一种交流。他们还把从海里捕捞的、地里生长的、家里养殖的，带到那里摆摊，卖给需要的人，这在他们看来也是一种“交流”。海边人赶山，是海与山的交流，也是农产品和海产品之间的交流。他们看重这种交流。

旧时福山有“四大顶”：古现的凤凰顶，八角的祈雨顶，兜余的太平顶，芝罘的毓璜顶。在1930年之前，芝罘是属于福山的，福山人到芝罘，通常说是到“海上”。福山的“四大顶”，是在同一天赶山，有好动者，一天能走遍四个山，参加每一场交流会。他们在交流会上获取信息，最大限度地打开自己的眼界。看看村里那些经常参加交流会的人，他们的心是活络的，心思并不仅仅用在种地和打鱼上，他们也想给自己找到更好的出路。这些人，走街串巷，不断地去接触新的空间和新的人，从中寻找自己的路。一旦有了机会，他们就是村里最早抓住机会的人。而对于大多数的村人来说，他们并不以为自己是有机会的，没有所谓的机遇意识，守着一亩三分地，春种秋收，夏耕冬藏，这是他们熟悉的生活，也是他们最信赖的生活。后来，那些不断参加交流会的人，那些村人眼中的“异人”，做起了种地之外的事，赚了钱，过上另外的生活。他们和大多数人同在一村，又不是同在一个村子里，似是而非地生活，似非而是地追求。

交流会的日子，村里是要唱戏的。村人不说唱戏，说“唱大戏”，似乎唯有这样一个“大”字，才能说出他们内心的那种欢喜。他们奔走相告，几乎家家户户都会到村外“搬亲戚”过来看戏，颇有一点搬救兵的味道，与其说是村人约了亲戚来村里看戏，不如说是请了亲戚前来助阵助兴。他们用了一个很夸张的“搬”字，心态尽显。正如儿歌所唱的那样：大槐树，槐树槐，槐树底下搭戏台。搬他姑，请他姨，小外甥，跟着去。开戏的日子，村里沸腾了一般。孩子们围着戏台快乐地奔跑，大人则端坐戏台前，聊家常。在资讯不发达的年代，这是百姓最亲近的娱乐方式。电影电视上的那些事，隔着一道屏幕，离自己太远了。而走进村里开演的戏，哪怕并不好看，也是好的。这是距离他们最近的表演。

大戏结束了，留下空空荡荡的场地。他站在那里，被这种人去场空的情景击中，第一次体会到了落寞的滋味，那时他并不知道这是落寞。这种不知道是什么滋味的感觉，从此烙在了他的心里。他一直以为，这种感觉是自己所独有的，在那个村庄，在他寂寞的童年时代，他看到了一些被别人忽略的东西，他的所思与所想，是不被村人理解的。他一直这么想。

若干年后，他某一天突然想到了那句乡语“又是秧歌又是戏”。这是村人都会说的话，形容一个人高兴的时候，就像扭秧歌和演大戏，没有什么比这更能形容村人的高兴和喜悦了。他们说这句话时，其实并不是为了言说热闹，而是借此省略了后半句，那是潜在的话，他们不曾说出口，就是秧歌和戏结束之后的状态，是落寞，是清冷，是空空荡荡。那一刻，他突然意识到，他在童年所体味到的那种大戏结束后的场面，其实每个村人也都体味过。他们也有同样的感觉，不同的是，他们没有说出这种感觉，或者说他们不知道如何表达这种感觉。他们说，看吧，那个人，又是秧歌又是戏。话至此，戛然而止。

他们这样说话，也这样做事。这是他们的表达方式，含蓄，节制，有一种内在的力量。

我在若干年后才理解了这种乡村表达。在人生这个舞台上，不管是秧歌，还是戏，终将结束，我们终将面对属于自己的空茫。走在人群中，我时常这样想。从这个意义上，我更加理解了那个在黄土高原上独自跳舞的人，他跳舞，并不悲伤。还有那些在城市街头拐角的地方，在人来人往中，独自唱歌的人，他们是心怀深情的人。他们像是抱住了整个地球，旁若无人地表达。

这是他们的表达。形形色色的表达。一个人的表达。后来，我才意识到表达其实并不是必需的。有些表达，是不需要语言的。语言，并不能抵达所有。有时候，沉默是更有力的语言，把想法隐忍下来，这需要更多的自觉和力量……当我写下那些文字，更多看到的是自己的局限性。我所看到的、我所理解的，以及我所表达的，都带着天然的局限性。我看到了这局限性，才能更清楚地认识自己和他人。这些年来，我的所有关于世界的探究，不过是对自我的探究。我说不清自己。今天不能，未来也注定不能。这正是生命的意义所在。

写下，是终结，也是新的开始，带着永远的局限性。

我这样看待自己，已经很多年了。

村人搬迁到了安置小区，小区里有个“驿站”。起初村人很是不解，唯有一人懂得这个“驿”字，他的解释是骑马在那里停驻。这个人被村人称为秀才，一大特点是遇到不识或不懂的字，一定要查字典，如果不搞清楚弄明白，他就寝食难安。他与村人说话，从来不解释，也不纠正别人的话。别人说，他只是听着，而已。不管认同，还是不认同，这都是他一个人的事，不需要被别人看到，也不需要别人的理解。他的执拗与苛责，只对自己一个人。其他所有的人与事，都一笑而过。这是他对待生活的态度。当他搞清楚了“驿站”的含义，一块心病总算放了下来。村里有个不识字的人，率先承包了安置小区里的“驿站”。所有快递公司都给驿站支付费用，所有邮件都经由这里才抵达小区居民的手中。这个不起眼的生意，被一个不识字的人做得风生水起。秀才把字义研究明白了，却不明白这里面竟然藏有如此商机，涌动在内心的交流失去了弹性。

交流会如今也开始萎缩了，大家越来越习惯网购，小区的驿站越发忙碌起来。他说起当年的交流会，脸上满是深情。

一截浮木

一截浮木，漂浮在海面。海浪起伏，浮木若隐若现，周围聚集着成群的鱼类。它们嬉戏，玩耍，这块浮木成了茫茫大海中的一个依傍。鱼越来越多。一艘渔船倏忽而过，它们被收在了网中。

目标如此精准。

鱼群并不知道，它们所依靠和追逐的这块浮木，被安装了定位仪。一双来自不知什么地方的眼，比海更遥远也更深不可测，时刻在监视着它们。海中看似无用的一截浮木，成为一种假象，一个陷阱。

一截浮木，被赋予了定位的功能。

一截浮木，在大海里有着移动的根。

一截浮木，成为鱼群中一条最危险的鱼。

导航与收网，监视与心机，都服务和服从于同一个功利目标。在遥远的过去，在没有罗盘的年代，人类是靠观察天象来辨识方向的。而所谓方向，也仅仅是方向，只是与走路有关的。一个人，在茫茫大海中的路，是通过看天来辨识的。无论身在哪里，总有一个更高的存在，作为指引的存在，作为希冀的存在，在头顶。那种遥不可及的距离和高度，可以确认一个人的此在。小时候走夜路，大人偶尔会仰头看看北斗，借此确认方向。我也仰头，却看不懂，只看到了大人意味深长的表情。如今想来，那个表情好似就在面前，像庄稼一样本色和质朴，似乎也有一点超越了田野和庄稼的东西，是我所不懂的。那是真正融入大自然、与大自然同频的年代。我喜欢这种最古老的辨别方向的方式。在导航被普及的年代，有多少人依然拥有自主的方向意识？对导航的过度依赖，已经让人失去了对于方向的自觉。

那年在渔村，老船长双手捧出了一个锈迹斑斑的罗盘，刻度是模糊的。这个罗盘几乎伴随了他的全部海上生涯，他退休以后，就一直被搁置起来。一晃二十多年了。他老了，不再出海，每天用心侍弄门前那块小小的菜园。一块菜园和一片海，在他眼里都是一样的，都是过日子的需要。日子再难，总是要过下去的。老船长出了一辈子海，很少迷路。而在现实生活中，他曾有过太多迷惑。到了晚年，把很多事都看开了，想开了。他勤苦了一辈子，小时候心里留下了一个根深蒂固的观念，以为过日子就是要遭罪的。他对生活的要求并不高，能吃饱穿暖就足够了。没想到老了也能享福，享受到城市化的好处，原本没有盼头的生活竟然过成了这个模样，这是他做梦也没想到的。那些苦日子，他不想再提起，说现在的年轻人也很难理解，只有亲身经历了，才会真正明白那是怎么回事。他一直记得离开村子外出流浪的那些日子，多少不堪的遭遇，只为了吃饱饭。他最终又回到村子，是村里的老少爷们帮了他一把，渡过那个难关。他一直记在心里。这是他出海时，风里来浪里去，一点也不偷懒，总想为村里多做一些什么的原因。刚退休时，他闲不下来，时常划船到海上。有天早晨，他在海上看到了一截浮木，一个人紧紧地抱着那截浮木。他把那个人捞上了船。那天很冷，他把衣服脱下来给那人穿上，然后用巴掌不停地拍打那人的身体，直到把血脉打活络了。老船长把那个人带回家里，扶到炕上，把家里的被子棉衣都给他盖上。他来自庙岛，半夜里到船头解手，不小心落水。他紧紧抱住了海里的一截浮木，一直到被老船长发现。

老船长在大海里有辨识方向的特殊能力，这是在风与浪、生与死的边缘摸索出来的一种谋生本领。在现实生活中，他是一个相信劳动、勤恳付出的人，他认真地过每一天，认真地对待每一件事。在人生的道路上，他没有罗盘，也没有别的选择，只能被裹挟着一路走了过来。

太多的人都是这样走过来的。

罗盘可以定位大海里的航向，却没有什么能够为他的现实人生定位。这是一个一生都在面对现实的人，不管现实多么严峻，他都有足够的勇气和力气。到了晚年，他竟陷入梦中。做梦，还有做梦一样的幻觉，始终让他感到不适。他的外出生涯与他的罗盘一起被尘封在了内心深处，很少对人说起。老人的遭遇，让我想到了内心沉积多年的困惑。一个人，该往哪里去？该如何对待脚下的土地？该对远方怀着怎样的态度？

远方，常被我们解读成诗意和浪漫。正如老船长所说的那样，哪里有什么传奇传说，全是最真实的生活，都是为了生活。

如果不曾想过那些潜在的苦难，如果一个人心目中的远方丝毫没有这方面的质素，那么这个远方是可疑的。

然而这些想法又让我羞愧。坐在我面前的老人，满脸质朴，是从现实苦难中走过来的。我的所谓想法和看法，仅仅是一厢情愿的。在我和他之间，有很多的东西并不对称。在渔村采访，我深深意识到在自己身上存在的这种局限性，越发萌生了弥补它的愿望。我的心里其实也有一个“罗盘”，希望它随时能帮自己校正前行的方向。

老船长说，都是些陈芝麻烂谷子，现在的年轻人不感兴趣了。我郑重地告诉他，时间越久，那些往事就会越珍贵。因为，那是历史。

其实每个人的心中都有一个“罗盘”，它可以对此刻的生活、此刻的生命状态做出判断。他来时的方向，他将要去往的方向，都是可以从中看出来的。这个发现，让我阅读那些史书和文字的时候，不再完全地相信，我的心中有了另外的尺度。这个尺度，才是我更愿意相信的。

那个夏天，我与友人每天晚上都在渔村的那条街上散步。两年以后，友人因为拍摄渔村纪录片，故地重游。我们都想到了去渔村招待所看看，开车走了几个来回，始终没有找到，路与房屋都已陌生，用导航也不管用。我们根据导航的提示，把那条路重新走了两遍，也没有找到那个熟悉的招待所。打电话，才知前一年招待所就拆掉了，当时所在的地方就是当年的招待所，我们曾在那里住过一个多月。站在原地，我们很是感慨，才两年时间，这里就完全变了样子。

还有一次，是陪同外地的朋友去王懿荣故居。我们一路上感慨，导航对路口的红绿灯变化都掌握得分秒不差，却对陷身在建筑工地中的王懿荣故居无法辨识。我们在一片建筑工地中迷路了。以前走过若干次的路，那次却几乎没有了熟悉的痕迹。我们距离王懿荣故居很近，却找不到通过去的路。

这两次迷路的经历，都是因为导航失效。我找不到正确的路，情感不能，科技也不能，我陷在其中，迷失在其中。所有的东西都在迅速变化，我们迷失在这种变化之中。这是因为，我们的内心没有固守一处。古人是讲究仰观与俯察的，他们对方向的把握，更多的是依靠生命本能所作出的辨识与判断，这些经验是从生存挣扎的过程中获得的，有的是用命换来的，更让人珍惜。在导航技术已被普及了的年代，方向却成为一个问题，且越来越被淡漠了。我们抵押了本能，理所当然地拥有各种“导航”，成为茫茫人海中的一截浮木。

对“导航”的依赖，让我们失去了对于方向的自觉，这是一个问题。

岛上小屋

大海中的一个小岛。小岛上的一个小屋。还有一个人，他来到这里，带着海浪星辰。更确切地说，这是一座茅屋，简陋到了极致，里面只有几斛大米，还有煮饭的设施，似乎是很久没有用了。史书上的记载是：渔民在海上遇了风浪，如果到了岛上的这个小屋避难，这里的米可以随便食用。等回家以后，获得拯救的渔民会专程带了米来偿还，不少一粒米。没有人要求这么做，他们都是自觉地这样去做。没有什么外在的规则，内心的规则是最大的规则，那里边包裹着敬畏与信仰，还有爱——对陌生人的爱，对未知之人的爱，这其实也是对自己生命中不确定的那一部分的爱。他们由自身的境遇，想到了更多可能遭遇同样境遇的人，把这份拯救以这种方式传递下去。

这不是隐喻，这是最真实的境遇。一个人，在茫茫大海中遇到一个小岛，在小岛上走进一个小屋，在小屋里遇到了赖以救命的干粮，他在这里休养，积蓄力量，等风平浪静时重新踏上回家的路。浪在船后隔开又合拢，海浪中渐渐看不见了那岛与那个小屋。

小岛在海中飘摇，它的根不是扎在海里，而是扎在人的心里。这岛，拥有大陆的力量。

岛不大，几乎是一座荒岛，很少有人登临。来到这里的，大多是避难的人。这里没有任何形式的东西，甚至没有任何语言，没有任何阐释，它摈弃了所有的形式，以最简单的方式，对避难的人施以至为重要的援助。形式在这里是无意义的。那些归来还米的人，是最有意义的仪式，是关于这个故事延续下去的讲述者。一个看似没什么人气的小岛，以这种最简单的方式维系了人世间最珍贵的人之交往，在危机中激发出的人性之善，以及被拯救后的感念和诚实，不需要任何规约，就这样呈现了出来。

这是当下最值得珍视的东西。米，在这里已不仅仅是米，它是人与人之间生命接力、情感传递的必需，是一个人对另一个人的凝视与援手，亦是一份见证。他们互相体恤，因为有着共同的遭遇。

最简单的，亦是最有效的。

在《太平广记·神仙传》中，可以读到类似的记载。董奉当年住在山上，天天给人治病也不收取一文钱。得重病经他治好的，他就让这人栽五棵杏树，病轻的痊愈后就栽一棵杏树。如此过了几年，山上已经栽了十万多株杏树，成了一大片杏林。杏子熟后，董奉就在杏林里用草盖了一间仓库，告诉人们，买杏不用告诉他，只要拿一罐粮食倒进仓房，就可以装一罐杏回去。曾经有个人拿了很少的粮食，却装了很多的杏，杏林里的老虎就会突然吼叫追逐他，这人十分害怕，捧着装杏的罐子急急忙忙往回跑，一路上，罐里的杏子掉出去不少。回到家一看，剩下的杏正好和送去的粮食一样多。还有的人来偷杏，老虎就跑出来追赶，一直追到偷杏人的家中，把他咬死。死者的家人知道他是因为偷了杏，赶忙把杏还给董奉，并磕头认罪，董奉就让死者复活。董奉每年都把卖杏换来的粮食全部用以救济贫困的人和在外赶路缺少路费的人，一年散发的粮食能有两万多斛。董奉在人间三百多年才仙去，容貌仍像三十岁的人。

董奉善行，为人称道，后世以杏林喻指中医，大约与这个典故有关。这个规则的设置，主要是依靠人的力量、制度的力量。而岛上小屋，更多的则是依靠信仰的力量。

我们的人生道路上，也会遇到这样的小岛，如果幸运的话，岛上也会有一座小屋，作为行者的休憩之地。它是临时的，所起到的作用却是久远的。我们在这里驻足，休整，然后重新出发，去走更长更远的路。当我们回首，已看不清来时的方向，不知道会不会记得那个小屋？

那个小屋里空空如也，唯有救命的粮食。这是它与所有屋子的不同之处。我对这样的小屋心存感念，甚至从来没有说出过这个小屋，以及与之相关的那份感念。我把它们珍藏在心底，觉得这是最好的留存方式。小屋中的烛火，成为我内心一种永不熄灭的照耀。还有它在那个风雨之夜的摇曳、恍惚，以及散发出来的那种温情，我一直记着。它们是关于来路的诠释，是关于过往的印记，已经多少年了，我时常想起那个小屋之夜，在文章中无数次写过这样一个虚构的场景。它对我来说是真实的，包含了我对青春、对生命和爱的理解。

岛上小屋，是被大海托举着的家，它的根是扎在海浪里，扎在人心里的。后来有人发现，岛上小屋的屋梁是鲸鱼骨做成的，这让小屋更加神秘起来。一些故事从这里被创造出来，像海浪一样涌向岸边。无数个夜里，我想象这样一个小屋，它是所有人的小屋，所有人的小屋都与它有关。

只是，岛在哪里?

双盲女

这么多年过去了。村里那些离世的人，大多已被淡忘，双盲女却成为一个传奇，时常被人提起。他们就像谈论一个很熟悉的人，也像在想象一个遥不可及的人，他们在讲述的过程中，把自己的想象和猜测加了进去，让传说中的双盲女变得更加神秘。

她两岁那年就双目失明了。村里那些司空见惯的事和秘而不宣的事，都被这个看不见的人，以特有方式“看见”了。因为失明，她以自己的方式更加强化了“看”的功能，村里那些人与事无论多纷杂，都被她刻进了心里，她由此成为一本“活字典”。

村里修志，所有村人都参与进来。这个村面临拆迁，附近的大学城已开始招生，眼下正抓紧修路，村子周边一派施工场面。村子拆迁是早就定下了的，却迟迟没有动作，村人都陷入等待之中。就在这种境况下，村里要编撰村志了。

村里开会，成立了一个村志编撰工作组，下面又设文化、经济和京剧等几个小组，大家分头去采访和整理资料。这真是一个大工程啊，村人里有时间的，有钱的，有想法的，都被调动起来，各自分配了任务。有钱的出钱，有力的出力，没有钱也没有力的人，随时做好了为大家鼓掌的准备。那个爱好唱戏的老人说，修村志比建祠堂更难，要备料，还得考虑筛选和使用哪些料。他负责整理村里与京剧有关的历史，几乎采访遍了村里爱好唱戏的人，把当年组织的活动、唱过的剧目，都回忆和梳理出来。我看过他的手稿，字迹工整且密密麻麻，修改得面目全非，看得出，他的采访和记录，综合了各方的不同意见，然后进行了考证。他说这才几十年，很多事就说不清了，每个人都有自己的说法，很难分出哪个是真哪个是假，趁着他们这代人还活着，尽力去比对出一个准确的答案。否则，以后就更说不清了。他说他把村里当年所有唱过京剧的人，包括他们的后代，都做了采访，已尽到最大努力。他找到了村办小学最早的一张合照，上面有首任校长。我在村志上见过那张照片，是关于村子的重要史料，也是首任校长唯一留在世上的照片。关于校长的那些往事，已永远尘封到了历史之中。

还有很多旧事，需要村人一起回忆和记录。平时他们也忆旧，也在一起谈论，都是有一搭无一搭的，这次不同，这次是要写进书里，要一辈辈地传下去。有些旧事，他们也记不得了，不是印象模糊，就是张冠李戴，把时间地点人物弄混淆。他们甚至没有底气相互争论，因为对很多事确实是记不清也说不明了，没有勇气理直气壮地申辩。这样的尴尬状态持续了几天，村人突然想到了双盲女。

问一下那个瞎子吧，她记得清。

她确实记得清。事实证明，她是村里唯一记得清的人，不但记得那些人与事，而且记得相关的背景，她所记住的是包含了前因后果的完整的事。这让她的讲述更真实，更可靠，也更显得珍贵。

很多村人对此是有些不理解的。怎么会是这样？我们耳聪目明，却活成了一个连瞎子都不如的人。那些他们亲历的事，自己竟都记不清楚了。负责村志编撰工作的专家，在村里走街串巷，采访遍了全村的人，也没弄清楚那些事。很多年轻人，甚至连自己爷爷奶奶的名字都不知道。只是隔了一代人，相距五十年，他们就连自己家族的历史都说不清了。更准确地说，这不是他们关注和关心的话题，这里面有着年轻一代对待家国历史的真实态度。

双盲女是个例外。凡是村里的事，她经历过的，或者听说过的，她都记得清清楚楚，甚至具体到哪年哪月哪天。村人说，幸亏有这个瞎女人。

她活到了八十九岁，2008 年去世。关于她的事，我是从她的儿子那里听到的。她的儿子七十多岁了，住在百年老宅里。他说老宅好啊，冬暖夏凉。他的母亲，那个双盲女，一生都住在这栋老宅里。家里来人了，她坐在屋里，听着脚步声，就能说出来者的名字。左邻右舍，做针线活，眼花了，引不上针线，就来找她。她接过了那针和线，说笑间，很麻利地就把针线引上了。她缝扣子，比正常人还快。村人想不明白，这个双眼失明的人，是怎么做到穿针引线的？她说，主要是心里有。

这个传奇式的人物，其实只是村里的一个普通人。

那天我在渔村听一位老人讲述了整整一个下午。傍晚时分，他的老伴回家了。他老伴有些老年痴呆，简单打过招呼后，她安静地坐到窗前，默默看着窗外。夕阳落在脸上，宛若一座雕塑，整个世界似乎都不存在了……

这一幕，让我联想到了若干年前，那个双盲女也是这样坐在老宅的窗前，看着窗外。她看到了什么，只有她自己心里知道。

蓝色荒凉

海瘦了。一个瘦弱的老渔民说海瘦了，渤海湾以前是很富有的，鱼虾丰盛。那时冬天很冷，海结冰了，鱼冻在冰里，他把冰块打碎，把鱼捞出来，主要是黄鱼，鱼肉很厚。还有一种叫作“离水烂”的鱼，很快就会捡满篓子，他们把这种鱼拿回家，用来喂猪。到了捕虾季节，大家抓阄，确定船只在海里的位置，互不越界。现在不同了，海瘦了，鱼也瘦了。网扣越来越小，有的人还嫌不够，在网里套上纱网，再小的鱼也不肯放过。有一年在禁渔期，外地人在初旺附近的海域下了定制工具，这是一种“断子绝孙”式的捕鱼方式，初旺、芦洋几个村的渔民自发组织起来，驾着自家的船，足有上百艘，浩浩荡荡地把外地人驱逐了出去。他说这片海是大家共有的，也是子孙后代的，不能纵容他们这么糟蹋。下什么网，网扣的大小，都可以看出人对大海的态度。从对待大海的态度，可以看出人对自我和他人的态度，对今天和明天的态度。是涸泽而渔？还是细水长流？他们总觉得一个人的所作所为，对大海并不会造成伤害。

《论语·述而》有言:“子钓而不纲，弋不射宿。”大意是说，孔子一生只钓鱼，不用网捕鱼；打猎也不用带有绳子的箭去射已经归巢的鸟。古人懂得敬畏和节制，不管大自然如何富有，人只收获可以收获的那一部分，对自己是有要求的。

在海里，鱼类也是讲究“水土”的，哪种鱼在什么地方产卵生长，都是有规律可循的。比如有一种大青虾，每年都会在渤海湾里产卵，它们钻在海底的沙里，一边产卵一边吃沙。大鱼吃小鱼，小鱼吃虾，虾吃沙，这是海里的规矩。但不知何时，产卵期的虾被捕走了。产卵期的鲅鱼也被捕走了……

蓝色荒凉。蓝色荒凉。

那些难以言喻的，唯有寄寓于“蓝色荒凉”。这是一个短语吗？在它的尽头，我看到一个人心中的所有景象，它们是语言无法传递的。凝视这片蓝色，凝视得久了，会从目力无法触及的地方，生出一丝荒凉。这蓝色荒凉，这人世间被掩饰的巨大情绪，正在一点点地聚拢，升腾，被误读成所谓希望。这从绝望罅隙里流露出来的东西，虚缈，又扎实，它们在比地面更低的某个地方，一点一点被释放出来，成为一种缭绕，成为一种遮蔽，也成为一种被远观被赞叹的诗意。讲述一个故事是容易的。讲述一种情绪，却是不易的。是讲述，不是表达。表达在很多时候是靠不住的。一个平静讲述的人，他一定从时光中悟到了一些什么。

在所谓希望中看到了令人绝望的东西，不能说出口，不能告诉更多的人。他只能保持沉默，只能送上所谓的祝福。

这巨大的蓝。空旷的，无边的，蓝。还有这从蓝色深处涌起的荒凉，对人是一种洗礼。有过这样的精神遭遇，你不再奢望也不再畏惧。你回到你自己。你坚守你自己。在变与不变之中，你没有放弃对自我的把握。

蓝色中的荒凉，这是最让人绝望的。看不到这荒凉，是一种悲哀；看到了这荒凉，是一种悲壮。没有任何语言可以讲述这荒凉。很多人，一生只看到作为局部的蓝。那些看到了巨大蓝色的人，眼神大多是忧郁的。

凝视也是一种力量。

一个人懂得了凝视自己，他才会真正做到凝视他人和外界的事物。

大海之上，被种下了一些事物，带着各种色彩。我只信赖和喜欢那个蓝色的海。

勘探者在沙漠里发现一艘古船，这种空间跨度充满了奇幻色彩。黄沙漫漫，这艘船是如何从大海到了沙漠之中，这中间到底发生了什么？那神奇的伟力来自哪里？那个现场的见证者又在哪里？这都是很有意思的话题。在目力无法企及的地方，想象力变得更加狂野。一艘船，带着大海的气息，成为沙漠中的另一种存在。这艘船，到底亲历了什么，见证了什么。船不会说。它以自身在沙漠中的存在，试图告诉我们一些什么。在大海与沙漠之间，还有一些什么，是被我们所忽略了的。

沧海桑田。蓝色荒凉。一艘古船，生长为沙漠里的绿洲。这是寓言，也是最真的现实。我们看到了这片葱郁的绿意。那些沧海桑田的变迁，还有跨越空间的奇幻变化，都在我们的目力范围之外，再狂野的想象，也无法填充大海与沙漠之间的距离。

在天地之间，我们是什么？

我们也是蓝色的一部分，带着生命中不可剥离的悲凉底色。我们是试图改变大海的人。海在那里，一直等待我们过去。

蓝色荒凉，我看到蓝色也看到荒凉。我同时看到了它们。当蓝色与荒凉同时出现在一个人眼中的时候，他的心里一定发生了一些什么。他不说出口，保持了最初的也是最后的沉默。在蓝色与荒凉之间，有一个人的理性和自觉。他一直保持了小地方人的谨慎，在认真地对待自己所看到的和经历的，觉得那都是他生命中不可分割的一部分。他理解它们。

他把大海梳理成无数的河流，以为自己看到了海的源头，看到了海的成因。他站在时间的另一端，记录自己的所见与所思。

这巨大的蓝。这巨大的谜。河流是最为具体的解释。

这巨大的徘徊，被这个人的脚步丈量成了若干的段落，除了时间，没有谁能读得懂。他一直在努力地读，这是他的人生变得理性和自觉的开始。

当你面对蓝色不再激动，当你面对蓝色不再有倾诉的欲望，当你面对蓝色有了更多的忧思，当你面对蓝色忘记了自己的存在，一丝悲凉开始从海天交界的地方浮现，一直蔓延到你的心里。它们滋长成了更多的蓝色与更多的悲凉。它们与你相关。在漫长的时光中，两个看似不相关的人与物，终有一天会被某个人发现。他看到这种隐秘的被忽略了的关联，就像你在此刻所看到与所想到的一样。逝者如斯夫。在时光的长河中，我们是同样的人。

蓝色荒凉。

垂钓的人始终垂着头，看身前那一小片的海。他不眺望远方，也不回望身后，他以臂为竿，以五指为钓钩，始终在目不斜视地垂钓。他钓起了整个世界。

蓝色荒凉。

我写下，然后删除；然后再写下，再删除。我在这个反复的过程中，试图寻找意义，寻找让我心安的理由。每一次失败，都只会激起我更强烈的愿望和更大的雄心。我在这个过程中寻找自我也不断地摒弃自我，似乎唯有这样，我才会真正地把握和了解自我。这个世界太迷乱了。我深陷其中，并没有太多的自主和自觉。我珍视我所能看到的和思考的，哪怕只保留一点点的自我，也是重要的。这意味着，我并没有被这个世界彻底改变，我一直在坚持自我，虽然微弱，或者对于更为阔大的存在而言并无意义，但这对于个体生命，是至为重要的。

海阔凭鱼跃，它们遵循自己的路，与同类之间保持距离。就像天上的星星，隔着看似很近其实很远的距离。看到网中的鱼，离开了水，拥堵在一起，没有了自由和尊严。

大海的静与动，沉默与喧嚣，都是自己的。大海在自己的体内掀起风暴，就像一个人在自己的内心掀起波澜，在书桌的纸页上指挥文字的千军万马。如果有一种声音可以代表地球之声，那应该是大海不息的涛声。没有任何声音比海的涛声更久远。

第五章

大水大心

一座新城

在夹河入海口，烟台开发区已经创办四十年了。

这座新城走过了一段特殊的路。当年有支童谣：后沙旺地儿荒，零零星星几个庄，黄沙从春刮到秋，提来咸水洗衣裳。据说这一带曾有个自然村叫韩家店，后来这个村落没有了踪影，民间说法是沙丘逼走韩家店村。烟台开发区动工建设时，施工单位在搬掉沙丘开挖基础时，清理出了大量砖头和陶瓷碎片，印证了民间一直流传的那个说法。

1984 年，在烟台港经常可以看到货轮停靠在锚地里头，货物被分装到小船上，然后由小船拉到码头卸货。这种方式，被码头工人称为“对扒”。因为吨位不够，大船靠不了岸，“对扒”成了唯一的运货方式，这是没有办法的办法。此时，烟台港连集装箱的影子也看不到。也是在这一年，烟台正式开通民航，飞机基本限于白天起落，不得以到了晚上，只好相隔几十米站立一人，每个人手中提着一个马灯，用来作为飞机的指示灯……

烟台开发区就是在这样的背景下起步的。最初的创业者们怀揣梦想，相聚后沙旺，具体的办公地点是在一个饲料厂里。人们习惯于把开发区人喻为“拓荒牛”。这里面，包含创业的勤恳，对目标的执着，以及埋头耕耘、任劳任怨等美好品质。我更愿意把开发区人比作向“风车”宣战的人，就像塞万提斯笔下的堂吉诃德，一个人孤独地向“风车”宣战。

有研究者认为，牟子国是烟台的“根”。牟子国遗址，就在今天的烟台开发区境内。对于这样的一种存在格局，我觉得颇有历史意味。遥想当年，牟子国浩浩荡荡东迁而来，在这里避难，生活，最终消失。后来的烟台开发区，也是经由移民汇聚而发展起来的。两次移民，时隔两千多年，落脚在同一片土地上。这其中，是否存在某种内在关联？

胶东半岛三面环海，地理位置很是特殊。早在春秋时期，齐国就开辟了从东莱北部沿海起航，东通朝鲜半岛的“海上丝绸之路”。秦代徐福率领庞大船队东渡朝鲜半岛和日本，是中国、日本和朝鲜半岛第一次大规模的经济和文化交流。秦汉至魏晋南北朝时期，东莱沿海至朝鲜和日本的海上航线，是历史上著名的“循海岸水行”的黄金通道；到了盛唐时期，从登莱沿海进出中国大陆的“东方海上丝绸之路”达到空前繁荣。烟台开埠后，先后有十七个国家设立领事馆，大量外国商人和商行涌入，带来了先进的科学技术和文化理念，直接推动了烟台的发展，民族企业、新式教育、城市规模以及海港建设，都有了质的飞跃。特别是本埠文化与外来文化的碰撞与融合，形成了烟台独特的文化现象。在风云变幻的历史进程中，这种文化以特有的方式，参与、见证和留存了烟台这个城市的历史，同时也拓展和丰富了这个城市的文化传统。农耕文化、渔捕文化、商旅文化、民俗文化、仙道文化、“海丝”文化、海防文化、开埠文化、葡萄酒文化……各种文化不同而并立，烟台以大海一样的胸怀，成为一个具有包容品质的城市。

社会分工越来越精细化，这一方面导致人与人之间的相对独立性，另一方面也增强了人与人之间的相互依赖性。人和人之间如何相处，个人与社会整体之间如何相融，这越来越成为一个现实问题。一个人的成长、一个区域的发展，靠勇气、技术、机遇等因素汇聚而成的爆发力可以迅速打开局面，但是要想长久地维持局面，获得可持续发展，往往更需要依靠的是“耐力”。这种“耐力”，不仅要靠热情和斗志，更要具有适应竞争环境和抵御竞争风险的“体格”。这种体格的塑造，这种耐力的养成，很大程度上依赖于文化。文化上的认同，更利于凝聚人心，更利于激发创造性，有生命力的组织，比如那些生存上百年的老店或跨国企业，大多有着经过市场和历史检验的独特的文化理念。而且，他们的文化理念大多是单一的，不饶舌，不夸夸其谈，随着时势的发展而不断发展，最终成为这个组织的“核”。美国新港造船和码头公司的创办人杭亭顿，曾在 1866 年说过这样的话：我们要造好船，如果可能的话，赚点钱。如果必要的话，赔点钱。但永远要造好船。这样的理念，素朴，诚实，可信，伴同企业在竞争中留存下来。

在一个迅疾变化的时代，如何把握一个始终不变的东西，就像风筝不管飞得有多高，一根线始终牵在手中。这根线不但不会对“风筝”造成制约和牵绊，反而让它飞得更高更远更为稳健。

这根线，就是“文化理念”。烟台开发区发展到最终，文化理念应该是贡献给其他区域的最为宝贵的财富。这里应是一个不断创造经验的地方，而不应仅仅是一个被既有经验涵盖和阐释的地方，它在常规之外的探索，理应对既有经验不断构成新的丰富。或者说，它应该在自身的不确定性中为其他区域确定和佐证很多的东西，先行先试是它的内在品质，敢于试错应该是它的风格。

《敖包相会》这首歌，是很多人都熟悉的。这个“敖包”并非蒙古包，而是一种由大小石块堆积而成的圆形“建筑”，通常建在山顶和湖畔这种醒目之处，是草原上的一种路标。据说在敖包旁边绕行三圈，再捡三块石头丢到包上，就会得到神灵的庇佑。牧民遇到路标时，堆上几块石头不是什么难事，难的是始终保持这样的一种自觉。蒙古人的解决方案，是赋予了功能性的路标以宗教意义，让路过的每个人都自觉地维护作为路标的敖包，尽到自己的一份力。

评判一个城市，不仅要看它做了什么，还要看它是否知道自己做了什么，对自己所做之事持有什么态度。在我的想象中，城市的管理者就像一个炼金术士，从不同的观念中采集火花，提炼出自己的理念，形成一份属于这个城市共有的价值认同。

想到了这座新城的发展之路。做正确的事，以及正确地做事，这关涉决策与执行两个方面。对于一个区域来讲，做正确的事，当是一个战略问题，涉及目标、方向与道路等根本问题。

没有现成的路，路在哪里，只有双脚知道。

如旧识

“去岁东巡渤海侧，忽见此鱼如旧识。”这是地方史料中查得的福建人谢肇淛来山东为官时写过的诗句，诗中所表达的那种似曾相识之感，与鱼有关，也与见到鱼时的心境有关，是一种比拟修辞，当不得真。明代残本《渔书》记载:“余家海上，与大海通，故大鱼往往见面知之。”说的是渔民出海，遇见了有的大鱼，是相互认识的，如同老朋友相见。读到这类文字，我总会有一种说不清的感动。在日常的现实生活中，在浩如烟海的文字记载中，我们所看到的人与鱼的关系，更多的是捕获与被捕获的关系。

庄子笔下的《任公子钓鱼》，讲述了任国公子用大钩大绳钓鱼，用五十头犍牛做鱼饵，钓了整整一年也没钓到鱼。后来终于有大鱼上钩，海水剧烈震荡，吼声犹如鬼神，震惊千里之外。任公子将大鱼剖开制成鱼干，从浙江以东，到苍梧以北，所有人都吃到了这条鱼。很多效仿者，举着钓竿丝绳，奔跑在山沟小渠旁，守候鱼儿上钩，钓得大鱼几无可能。任公子钓大鱼的故事，被后人赋予了诸如经世济民、志趣抱负之类的意义。人对大鱼的征服与捕获，成为彰显人的力量的一个重要方式。

蒲松龄《聊斋志异》中写道：“康熙初年，莱郡潮出大鱼，鸣号数日，其声如牛。既死，荷担割肉者一道相属。鱼大盈亩，翅尾皆具，独无目珠。眶深如井，水满之。割肉者误堕其中辄溺死。或云，海中贬大鱼则去其目，以目即夜光珠。”

据说胶东昆嵛山石落村有个人，曾在海边发现一条搁浅的鲸鱼，他用鱼骨做梁，建造了一间房屋，名曰“鲤堂”。后来这间屋子荒废了，鲸鱼骨坚硬如初，人们把它搬到了威海城里，用作关帝庙的建筑材料。这件事，在若干典籍中是有记载的。过去黄渤海沿岸有很多鱼骨庙，这大约跟洄游有关，就是我们通常所说的“过龙兵”。除了鱼骨庙，还有鱼骨桥、鱼骨照壁的记载。日照有个地方，直接用整条鲸尾做了一块鱼骨照壁。威海的鲸园，旧称坞口花园，民间也叫三角花园，据说 1916 年曾在当地搁浅了一条鲸鱼，人们用两根鲸颚骨对成“人”字形，建成一个拱门。后来，这座鲸拱门被拆除了。

八角村的一个老渔民回忆，1971 年曾有一头海猪扎到牛网里。他所说的海猪，亦即海豚，与鲸同属一目，古人也称之为“大鱼”。那头海猪不足百斤，是黑色的，被交给村里姓丁的杀猪匠杀掉了，海猪肉由养殖场的职工食堂买走了。老渔民说，他当年正在养殖场工作，印象很是深刻。食堂厨师从来没有做过海猪肉，就按照处理猪肉的方式，肥肉烤油，瘦肉炖菜，做了很是丰盛的一顿饭。结果职工都说不好吃，一锅菜最后都丢弃了。老渔民说，不好吃就对了，海猪味道不好，这其实是一种自我保护；如果味道好，早就被捕杀绝迹了。渔民出海如果网到了海猪，要赶紧放回海里，不能让海猪死在船上，一旦出血了，有味，鱼都怕那种味，这船就不用指望能打到鱼了。

渔民捕鱼，有太多禁忌，也有太多智慧。比如“放长线钓大鱼”，这是一句妇孺皆知的话。钓大鱼，得到远海处，找到海流，然后放单钩。大鱼觅食，不像小鱼那样东奔西跑，它们通常是在激流中挺身站立，吞食被激流卷来的小鱼小虾。这种习性被渔民摸透了，他们逆流而上，等到大鱼上了钩，并不急着一下子拉上船来。他们的小船在海流中本就挺立艰难，加上大鱼在水中不断挣扎，小船抖动得越发剧烈了。这时候不能硬来，要把钓绳放得尽可能长些，让鱼离得远一些，小船的抖动感就会明显弱下来。然后收紧，再放松；再收紧，再放松……他们反复收放钓绳，直到把大鱼折腾得筋疲力尽，才动手拖上船来。大鱼的力气被耗尽了，不再剧烈挣扎，渔民省力，船也平稳，是最安全的。在长线与大鱼之间，是渔民的特有智慧。很多人误以为，放长线是为了在更远的距离、更大的范围内寻找作为目标的大鱼。其实长线的意义，是为了更大幅度地减少能耗、降低风险。鱼越大，越近，抗争的力量越大，对渔船造成的隐患也就越大，越需要长线。渔民一根长线在手，就可以收放自如，能把已经上钩的、近在咫尺的大鱼放到更远的地方，然后收得更近更紧。他们这样折腾，只为最终顺利捕获大鱼。

我时常想象，在茫茫大海上，一个人与一条大鱼时常相遇，他们互不伤害，甚至还有大鱼护佑渔船的各种传说，这有多好。这是人与海洋关系的一种美好想象。

在有些地区，渔民有禁捕五尺以上大鱼的忌事，如果偶然捕获这样的大鱼，要焚香祷告，立即放归。他们认为，不这样做的话，就会灾祸临头。对大鱼，他们心存敬畏。

大鱼是在深海里的，并非随意就可见到，它们更多地存在于传说和想象中。以前每年三月三和九月九，渤海湾里都会“过龙兵”，成群的鲸鱼浩浩荡荡，很是壮观。这个日子，渔民一般不出海，主要是为了躲避大鱼。事实上，很少听到鲸鱼伤害渔民和船的事，黄渤海海域似乎也没有形成捕鲸渔业，各地史料中记载的那些死去的鲸鱼，大多是因为搁浅在岸。山东沿海最早的捕鲸记录，大约与秦始皇东巡有关，他路经芝罘时射杀的大鱼，是一头鲸鱼。后来秦始皇死在路上，据说他的死与他射杀鲸鱼有关，也就是所谓“鱼异”之说。这是民间的朴素看法，他们对未知的事物怀有敬畏之心。

鲭鱼之夜

至今谁也说不清是什么原因让那么多的鲭鱼一下子涌进了八角湾。鱼能多到什么样子呢？据老渔民说，整个八角湾都变成了白色，全是挤碎了的“鱼面”漂浮在海面。一网撒下去，都是鱼，根本就拉不动，只能割网放掉一部分，那网才能收得起来。全村人都像打了鸡血一样亢奋，不知道累，也顾不上吃饭。村里从饭店买了烤饼。没分到烤饼的，就给每人一斤桃酥。这在当时是最好的伙食了。打的鱼，全部交给生产队，每个人都欢天喜地，像过节一样。

那是 1971 年 2 月 20 日。他说经历过那个打鱼场面的人，一辈子也不会忘记那个日子。当时他正在家里睡觉，村支书过来拍窗，说出鱼了。他当时已经干上船长了，村支书让他去买四十个大锚，到海边下网用。到了海边，到处都是人，网里全是鱼。鲭鱼最大的一条有六两，小的也是三两左右。每网都有几千斤，多的超过一万斤。附近村子里的人，都下了八角湾。在接下来的一周，全村打了六十多万斤鲭鱼，没有车，全是靠人力抬到水产公司卖掉。这种激动人心的场面，只持续了一周的时间，后来再也没有见到。老渔民说，不知是从哪里来的一批鲭鱼，进了套子湾，是“过海鱼”，现在几乎灭种了。当年的“鲭鱼子”很好吃，也很出名。

那年村里下的是牛网，一种定制工具，把木橛打到海底。后来也有不打橛的，用大锚固定牛网，这被称为流动的定制工具。鲭鱼进了八角湾，顺着海边走，就撞进了牛网。当年县里专门做过一期牛网培训班，讲课的人曾在日本船上干过技术员，他把整个山东半岛都考察遍了，认为套子湾是最适合下牛网的。牛网是从日本流传过来的，现在已被禁用了。牛网关涉很多方面的知识，老渔民在我的笔记本上手绘了一张牛网水面图，他说如何摆布牛网，如何在海里布阵，这是一门学问。鱼进了牛网，基本都出不去了。这是一个没有上过学的人，运用在今天看来很高深的学科知识才可解释的原理，在海里布局。他们没有上升到理性认知，只是停留在经验层面，但这样的经验是值得深思的。他们在自己的领域做到了最好，做到了最大限度的明白和懂得。老渔民耳朵有些失聪，视力也模糊不清，可他依然清晰地记得，牛网是如何在海里布阵的，他在纸上描绘出来，给我们看。他说关于海上的事，他有记备忘录的习惯，只是那个笔记本被小孙子撕了，不知弄到哪里去了。

回想半个多世纪之前的那个属于鲭鱼的夜晚，老渔民都说“出鱼了”。一个“出”字，很朴实也很传神。中国的汉字太奇妙了，在民间，常有如此讲究的用字艺术。而这艺术，很容易被方言遮蔽，被我们的习惯所遮蔽。

渔村有片空地，有时候用来停车，有时是渔民在这里摆摊，卖些小海鲜。三五个人一堆，现场从网上摘爬虾、螃蟹。渐渐地，这块空地就成了一个小市场，村里人来买，村外的人也过来买，卖的人和买的人，都是真正懂海鲜的人。这里的海鲜，从渔船卸下来，直接就拉到了这里，没有经过鱼贩子的手，也没有经过任何的加工。妇女们埋头整理海鲜，一边整理一边卖，等整理好了，也就卖完了。她们坐在那里聊天，然后起身，各自朝着家的方向走去。

重潜

八角渔村是出重潜的地方。重潜俗称“大头”，是由人工气泵、高压输气管、潜水衣、胸背铅坨、铜头等组成的潜水工具。胶东一带称捕捞高手海碰子为“大头”。

重潜下海，主要是捡海参。八角湾的海参生命力极强，赶小海的人在海边捡了海参，吃一口，再丢进海里，它照样可活。

重潜通常穿一种特殊的防水鞋，俗称“绑”。按照民俗学家山曼先生的说法，做绑的材料是两方好的鲜猪皮，将猪皮用盐腌过，用一种三棱钢针缝出全封闭的鞋头、鞋跟与一截鞋筒，余下的猪皮不再缝筒，皮子两边穿眼，拴皮筋做成绑带。穿着时，在绑内塞柔软干草，放进脚去做些调整，觉得活动自如，再将短筒上边的两片猪皮包裹在小腿上，用绑带密密扎紧。穿了这样的绑，行动利索，脚板暖和，涉水踏泥都很灵便，无论怎样溅泥溅水，绑内绝不会渗进水来。有此一绑，脚暖心安，真有说不尽的好处。

我听到关于绑的故事，是在老渔民那里。想起了，以前在乡下也是有绑的，一般是赶马车的人用绑。那时只觉得这种穿戴有些异样，却又说不出究竟。村人常用兔毛捂耳朵，用狗皮做褥子，这样穿鞋的却是很少。有人实在是冻坏了，竟然把脚踩进牛粪里，说热乎乎的好暖和啊。在那个年代，赶马车的人，因为脚上的一副绑，一下子变得有了个性，就像电影中的人物。

八角渔村的重潜，下海之前是穿绑的。老渔民说到了绑，开始变得绘声绘色。重潜下海之前，包括浮出海面之后，都享受最高礼遇。船上的人，必须是最亲近也最信任的人，人下了海，可谓命悬一线，而这根线，就牵在船上人的手中。这个人，必须是心无杂念的。重潜下了海，就把自己的命交付给了水面上的这个人。

全副武装好了的重潜，看起来就像机器人一样。帽子也是铜质的，很是夸张地套在头上，加上领盘子总共是五十斤。帽子是钮在脖子上的，重潜的脖子后面都有很厚的疙瘩，这是职业病。不下水时穿绑，下水穿的鞋是铅和铜质的，一只二十五斤，两只脚上的鞋就是五十斤，以至于重潜在船上只能用脚尖挪动着走路。还有胸前胸后各背二十五斤的铅。一个重潜，身上挂了一百五十斤的分量，再加上自身的体重，整个分量超过了三百斤。下水时，绳子拴在重潜的腰上，船上人负责往海里松绳子，这是个技术活，也是个良心活，如果松绳子的速度过快，三百多斤的分量一下子撞到海底，会把重潜直接撞死。

重潜下了海，在海底接近于斜躺的姿势。十庹水的深度以下，水是暗的，像是天黑了一样。人到了水底，第一关键是要懂得如何控制“气”。船上，有两个人在不停歇地压气，一直把气压到潜水服里，控制开关在重潜的大帽子上。重潜除了要会控制气，还要随时与水面保持对话。对话都是通过一根绳子，绳子在水里抖动几下，都有特定的意思，这是他们约定的语言。比如，换网兜，重潜在水底拽一下绳子，上面就知道是要换网兜了。如果有序地连拽五六下绳子，意思是重潜想要上水面来了。水面的船跟着重潜走，重潜所在的地方，水面会冒泡儿。如果水底的重潜乱拽绳子，无序且匆促，那就意味着遇到了危险，上面就会以最快的速度把绳子和气管一起拽出水面。水底与水面的这种对话方式，一直到了 1974 年才有所改变，那时开始有了“小喇叭”，水上与水下的信息联络，便捷和准确多了。

重潜从海里浮出来，上了岸，开始往家走。他是有补贴的，每天两块钱，一般是先去村里的小卖部喝酒。一块豆腐乳，三两酒，每天都喝。这对于普通人来说，是极为奢侈的生活。人们远远地看着，只有羡慕的份。重潜下海，是一种技能，而支撑这种技能的关键因素，就是对生活的态度，他们为了生活，不怕丢了性命。在海底，那是另一个世界，很多东西都无法想象，也是人力无法控制的。每一个时刻，在他们这里都可能是一个句号，是永远的告别。他们看似轻松的表情下面，其实是比别人加倍的沉重。不下海的日子，那种貌似奢侈的生活，在他们看来是对生命的一种预支，甚至是透支。过了今天，不知道明天会是什么样子，他们所能做的，就是好好对待今天，特别是要吃好，喝好，睡好，别亏待了自己。

到了二十世纪九十年代，就没有重潜了。在八角渔村东面的果园里，我找到了传说中的那位重潜。他从村里搬到果园已经二十多年了。他给我们介绍他种植的果树，加工的海参，也说到了家史。他把当年的重潜工具从厢房里找了出来，在院子里演示给我们看。他的演示很是认真，就像真的要下水一样，一丝不苟。他说，下海可不是闹着玩的，容不得丝毫马虎。没下过海的人，讲不清海底的事。一庹水到三庹水，海藻菜特别厚。超过了七庹水的深度，海藻就少了。八角湾最深一般是八庹水。鱼都喜欢吃海参肠，海参肠从重潜的兜里漏出来，鱼就跟在后面吃，这时重潜只需转身一叉，很轻易就叉到了大鱼。那时三五斤的鱼，是很常见的。最大的鲅鳙鱼三十斤，一天叉过十多条。

他是村里最早使用新媒体的人，他种植的水果，还有加工的海参，都是通过网络卖掉的。这个告别了重潜生涯的人，这个在村边种植果园的人，以自己的方式融入了更广大的人群，开创了另一种生活。

丑鱼

胶东沿海有“一鲈二鲳三加吉”的说法。鲈鱼是排在首位的，连加吉鱼都不如它。加吉鱼的学名叫真鲷，在烟台白石村新石器遗址中，就发现了加吉鱼被食后的骨骼，说明山东沿海很早就开始食用此鱼了。“没吃加吉鱼，此年如空过。”这句谚谣的意思，一方面是说加吉鱼在胶东产量大，百姓吃得起；另一方面是说此鱼味美，不吃是一种遗憾。对比而言，鲈鱼则属名贵之鱼，不可常食。我们都熟悉的“莼鲈之思”，说的是西晋张翰在外地做官，某日他和朋友小聚，一阵萧瑟秋风袭来，让他蓦然想起老家的莼菜羹和鲈鱼脍。第二天他就辞职还乡，过上了可以经常食用莼鲈的理想生活。

莼鲈之思，因思念家乡的美食而辞官，这在今天看来是不可思议的。如今物流便捷，人们位居一处，即可饮食八方。我们从“莼鲈之思”所看到的，是古人的一种情怀，他们勇敢地追求心仪之物，超越了世俗功名的束缚。在这里，鲈鱼或许只是一个托辞，可能还有一些其他难言的原因。后人以莼鲈之思，喻指思乡之情。鲈鱼的味道，其实也是老家的味道。味道是一个很奇妙的东西。很多难忘的事物，都转化成了味道，在记忆中潜留下来。我的童年记忆，大多是跟吃有关的，能吃的，不能吃的；好吃的，不好吃的，都是简化成了味道留在脑海里的，而且这味道只在一个叫作老家的地方才有。襁褓中的婴儿，拿到东西都会往嘴里塞，我一直以为这是吃饭的本能，后来才知婴儿如此动作，并不是为了吃，而是以吃的方式，来对物品进行确认。这也是婴儿认知大千世界的一种方式。

"一鲈二鲳三加吉"，这是胶东百姓心目中有地位的鱼。还有一些不被重视、不受待见的鱼，也各有特色。比如鮟鱇，一种相貌奇丑的鱼。鮟鱇鱼雌雄同体，我们在市场上买到的多为雌鱼。雄鱼出生后不久，就寄生在了雌鱼的身上，与雌鱼结为一体。雄鱼分量很轻，只有雌鱼的千分之一。很难想象，就是这种相貌丑陋的鱼，却能发出音乐一样好听的声音，再加上鮟鱇鱼形似琵琶，所以也被叫作"乐鱼"。有一种说法，鮟鱇鱼因为长相太丑陋，渔民不屑于捕它，捕到了也常丢回海里，所以获得了在海里的"安康"生活，这大约也是它名字的来历。丑陋，成为它的自救方式。在渔村，我曾见到一个渔民在卖鮟鱇鱼，我用手机拍照，他从兜里摸出火机，随手丢到了鮟鱇鱼上，说拍照要有个参照，否则不知大小。那条鮟鱇鱼，足有十多斤重。

烟台人常说鲐鱼腿短，意思是鲐鱼不易保鲜。特别是在交通不便且无冷藏的年代，鲐鱼上市时节，卖不掉，吃不尽，很快就会烂掉。烟台人通常会把鲐鱼腌制成咸鱼，便于储存。这种鱼个头不大，数量不少，据说在大饥荒的年代，烟台人曾以鲐鱼为食，渡过了难关。这也是烟台人对鲐鱼有特殊情感的原因。鲐鱼最大不过尺许，重量半斤左右，在海里一般不会被别的鱼吃掉，原因是这种鱼身上有毒。鲐鱼的“毒”，是古人很早就认识到了的。后来的科学证明，所谓的“毒”是因为鲐鱼中的组氨酸容易分解成组氨，人吃后容易过敏。靠海吃海，鲐鱼量大价廉，智慧的渔民们找到了“解毒”的妙方，他们把鲐鱼和小白菜放在一起炖，就把鲐鱼的所谓毒性消解了。鲐鱼炖小白菜，是一道普通得不能再普通的百姓家常菜，因为小白菜的加入，鲐鱼成了人们可以放心食用的日常海鲜。

还有些不受待见的海物，比如爬虾、离水烂、海怪，等等。以前渔民拉网时如果拉上这些海物，会自认晦气，把它们重新扔回海里，或者用来沤肥料。爬虾，又称琵琶虾。在蓬莱大季家一带，它还有一个很好听的名字——官帽虾，因为这种虾的尾部倒过来颇像古代的乌纱帽。离水烂是渤海湾里的一种小鱼，鱼肉很是脆弱，因为离水后很容易受损腐烂，当地渔民就给起了这么个名字。这种鱼，以前是用来沤肥料的。后来有人发现它的营养价值极高，而且有预防若干疾病的功效。然而这种鱼的保鲜时间极短，要想吃新鲜的，恐怕只有家住海边的人才会有这个口福。我曾听一位老船长讲过，他小时候在海边捡拾离水烂，只需一刻钟就会捡满一篓子。如今，这种鱼已很少见了。至于海怪，既不是鱼，也不是虾，长着螃蟹的模样，却又不是螃蟹。胶东人称之为“海怪”，确实是很怪的，它通常寄居在海螺壳里，学名叫寄居蟹，民间给它取了一个很形象的名字叫“白住房”。唐段成式在《酉阳杂俎》中是这样记载寄居蟹的：“如螺而有脚，形似蜘蛛。

本无壳，入空螺壳中，载以行。触之缩足，如螺闭户也。火炙之，乃出走，始知其寄居也。”

郝懿行是远离海边的栖霞人，他与他的研究对象保持了一定距离。在烟台，栖霞是唯一不靠海的“内陆”城市。海鲜对于栖霞是稀少之物，民间有“臭鱼烂虾，贩到栖霞”的说法，意思是过去交通不便，鱼从海边运到栖霞耗时太长，再新鲜的鱼也变成了“臭鱼烂虾”。还有一个现象，栖霞历史上出过多位大学问家，有人认为这可能跟他们远离海边有关。常年出海的人，要适应大海的瞬息万变，以变应变。而生活在栖霞的山里，可以固守一处，遵从季节规律，日复一日、年复一年地专注于一事，这正是做学问、出大成就的关键所在。

老风船

在渔民眼里，船也是有生命的。一条船被废弃了，他们称之为“杀船”，这是一件很严肃的事，他们告别船，就像告别自己。我在渔村曾看到一艘废弃的船，船身已腐朽了，主人没有丢弃它，把它一直放在门口，每天可见。

在山东沿海，渔民把帆船称为风船，出海需要借风，又最怕风，关键要看渔民的驾船水平。在Z字形逆风航行时，要精准计算潜在的风压角、流压角、航偏角等多因素叠加的影响，还要把流速和流向的影响考虑进去。他们把风帆称为“大篷”，把帆影称作“篷花”，这里面是有一种积极乐观心态的。

排船，即造船。老风船在海上航行时，要面对狂风恶浪的考验，它的建造严谨复杂。旧时排船的木料，有句谚语“榆木不上头，槐木、椴木不上船”，说的是在船头不用榆木，一种说法是榆木脑袋不开窍的忌讳，另一种说法是木匠嫌它太硬不容易开凿挖孔。而槐木和椴木，都是忌讳读音。

渔村船厂的坞道，像推磨一样，一根绳子拴在船上，前面有人拉，后面有人推，完全是依靠人力。后来，改成了电动的，起初是柴油机，后来才是电动机。1973年，村里排了第一艘大型木壳船，在当地很是轰动。那艘船总长二十四米，下坞那天，村里剪了彩，开了大会。

船厂虽小，五脏俱全，缺了哪一样都不行，有车工、钳工、锻工、铸造工、木工、电工等很多工种。船厂生意带有季节性，冬天不能打鱼，夏天有休渔期，这两个季节是修船的旺季。渔民主要是在春天和秋天出海，船厂没什么大活，就做点修修补补的小营生。他们排过的船，最大的有房子那么高，得支起脚手架，就像盖木头房子一样，先盖好外壳，再装修里面，很多东西都得配上，八个人忙活了大约两个月的时间。排船的海木匠，负责给船起名字，起好的名字被记到“鲁簿”上，相当于给船落了户口。后来改为渔船编号，不再用船名。在船主看来，无论海木匠给船起个什么名字，都是吉祥的，哪怕不理解，也要接受。他们相信海木匠用心用力地造了这船，自然是给船起名字的最合适人选，他无论说什么，都是有道理的。他们相信这样的道理。

排好了船，船主一般选在满潮的日子下坞，那天要放鞭炮，要到饭店请客，主要是吃面条。面条就像缆绳，可以拴住船只，保障安全。

冬天，很多船都拉在坞道上。每年正月十三，吃完了午饭，船主都要到船上送渔灯，烧香发纸磕头。这天，人随船走，船停在港口，他们就到港口去送渔灯；船在坞道上，他们就得到坞道来。船厂这时故意把大门关上，船主抬着饽饽和猪头过来，叫门，里面故意不开，直到船厂的人隔着一道大门说“你得给个彩头”。船主在门外放鞭炮，船厂的人在门里放鞭炮；船主在门外打锣鼓，船厂的人在门里打锣鼓。待等船主送上红包，船厂的门才被打开，人们敲锣打鼓地进到厂里。红包不在意大小，主要是图个吉利。

渔民有很多规矩。他们用这些规矩，来规范和约束自己的行为。本是一些性格粗犷的人，却在这类细节上，比常人更讲究，更有耐心和细心。在海上，一艘船倘若没有一点规矩意识，不受任何遮拦，与其说是一种自由，毋宁说是一种放纵。船在海里，看似有更多的路，有更广阔的空间，但是作为一艘船，要走该走的路，才能安全。

在渔村，见到一家渔需商店，是一家三十多年的老店了，刚从镇上搬到这里。我曾跟渔需商店的主人聊了一个下午，他说到了这个店的经营，还有与此相关的海水捕捞和养殖历史。之前镇上拆迁了，他把商店搬到这里，主要是考虑初旺、芦洋的渔民出海靠岸后，这个村的大街是他们的必经之路。他在这里租了一间屋子，每年租金五千块钱，可生意不好，一点也不好。他说几乎没有什么买卖，自己每天只有上午来店里。下午和晚上，商店的门也开着，如果有人来买渔需用品，付款码就在墙壁上，来人自己去货架上取东西，自己扫码缴费即可。商店里没有监控，主人说从来没有丢过任何东西、出过任何差错。

他说以前镇上除了出海的，还有一百多家养殖企业，只有他一家渔需商店，生意很好。如今排船很少了，过去船上需要的东西，现在都不需要了。他说等这个渔村拆迁后，自己就把渔需商店关掉，干了半辈子这个行当，也该歇歇了。

遥远的盐工

《管子》中多次提到“齐有渠展之盐”，看得出盐是齐国引以为豪的资本。有史可考的山东产盐地，最早当是“渠展之盐”，具体地点至今尚无定论，有一种说法认为“渠展”是渤海的别名。

一粒盐上，蕴藏着太丰富的历史表情。盐与日常有关，但是盐所代表和讲述的，并非常人所能懂。从齐国“通商工之业，便鱼盐之利”以来，历代统治者都把目光盯在山东盐滩上。汉代在全国设盐官三十六处，山东就占了十一处。北魏在青州置灶五百四十六户。金朝始设的西由场在莱州，后来成为山东海盐的主产盐场，产的盐叫“莱盐”。宋代始设的涛雒场设在日照涛雒镇，元代兴起的石河场设在即墨金口镇，胶州、即墨、莱阳、海阳的滩场都归其管辖。另外还有昌邑的富国场、寿光的官台场、广饶的王冈场，构成了渤海南岸的连片盐场。

最早的制盐方法，是用海水煮盐。后来变为煎盐，先将海水制成卤，再将卤水煎成盐。莱州路宿村曾出土一口汉代青铜煎锅，口径一米有余，锅深十余厘米，据说用这样的一口锅煎盐，一昼夜可得二百公斤。煎盐的人被称为灶户，在海边有很多以“灶户”命名的村子，他们以煎盐为生。到了明代，晒盐法得到普及，生产成本大幅度降低，既省工时，产量又大。

从海水中提纯盐，犹如钻木取火。人类为生存而具有探寻和发现大自然的勇气与力量。水中的盐，木中的火，它们隐藏在这些常见之物中，等待被发现和被利用。人与物之间这种奇妙的相遇，却弥漫着生存的艰辛。从水中看到盐，从木中看到火，这是智者的眼光，也是劳动者最朴素的心态。海水是咸的，汗水是咸的，泪水也是咸的，它们与盐有着同样的味道。

盐，对每个人来说都是必需的，也是均衡的，一个人一天大约需要六克盐。再富有的人，再特殊的人，大致也是这个用量，不可多食，多食有害身体。当然，多占是另一回事。

海边晒盐，卤水到了二十五度以后，盐是一点点出来的，所以叫“长盐”。当盐池长到两厘米时，盐工每天都要“活碴”，让盐的晶体活动一下，否则就会长到一起，整个池子变成一块盐板。在结晶过程中，“活碴”是盐工最苦最累的工作。刚开始时，盐不是很厚，他们用耙子搂，就像农民搂麦子一样。等到盐池长到七至八厘米时，耙子搂不动了，就得换用铁钩子拉，很费力。“活碴”不能影响蒸发结晶，所以盐工一般在凌晨3点开始干活，赶在太阳出来之前，完成当天的这项工作。

对于盐场，风是生产的动力和加速器，能加快卤水的蒸发和盐的结晶。大风天，盐工都会在风中生产作业。盐池里的卤水，波浪翻滚，泡沫不断堆积于池角。盐工在风中弓着腰，像是即将脱弦的箭。每次大风过后，盐田里的卤多了，盐自然也就增加了。

一个盐工，在盐场干了四十多年，退休后又被返聘回来做伙房厨师。我问他，生产了一辈子盐，现在又在伙房做饭用盐，如何看待“盐”？

他嘿嘿地笑，很认真地说食用盐必须是合格的，工业盐不能用。

其他盐工也是如此。他们整天在空旷的盐田里劳作，到了会议室很是拘谨，面对采访，有些紧张。有的盐工坐在对面，想了半天，最终一句话也没有说出来。有个盐工说：白花花的盐，就像粮食，看了心里真高兴啊。

盐工最终说出的，大多是领导关心、自己也很热爱盐场工作之类的话，他们把原本自由的采访话题归结到了爱岗敬业、开拓创新方面，这让我有些尴尬。他们在盐田里劳作，人与人相隔很远，有时候一整天也不说话，只是一个人在盐田里走来走去。空旷中，他们甚至越来越不习惯说话了。他们希望自己说出有文化味的话，而文化人希望听到的，是他们自己的话，哪怕更拙一些，也是好的。这种交流的不对称，其实不仅仅在盐场，在别的地方也是存在的。他们对盐的认知，也大多是停留在形而下。盐在盐工那里，并不具备隐喻功能，每一粒盐，都是具体的，都仅仅是盐。它们来自风雨，但与风雨无关。在他们眼里，在他们心里，盐只是盐，不是别的什么。

唯有那个老盐工是不同的。他说，盐与人的生活一样，需要好的卤水来喂养。卤水就是盐的饭，吃得好就长得快，长得白，产量高；吃不好，吃不饱，就长得慢，长不好。长盐时，要像对待庄稼一样，用心呵护才好。

蓝天下的盐田被分割成了若干方块。那个老盐工扛着铁锨走在盐田里，若隐若现的身影在天空的映衬下，显得更加孤独，是那种被看见了，却又无法言说的孤独。一格格的盐田，让我想起城市楼房的一个个闪着灯光的窗口，每个窗口的背后都有不同的梦。在这盐田里，盐工呈现出同样的劳动姿态，说着同样的话，做着同样的梦，甚至有着同样的表情，遥远而又亲近。

符号

我们在符号里演绎人生。太多的所谓精彩，其实不过是一种误读。

从生命的起点，一步步地走向终点。而终点，又常常成为别人的起点。人的一生，其实就是一个不断掩饰自我，同时不断还原自我的过程。打碎与重塑，逃离与坚守，人在这种纠缠中真正成为自己。

符号与符号相遇，像是一个人与另一个人相遇，又像是一个人与自己相遇。职业身份也是一种符号，一种看似强大、实则脆弱的符号。同样的一个人，仅仅是职位发生了变化，他的神态、言谈甚至社交圈子，也随之发生变化，这里面是有些戏剧性的。一个睿智的人，他明白这是符号的作用，不会盲目地滋生所谓优越感。医生填写的病例，也是一种符号。生命被符号化了。那是一些不易辨识的符号，它们与具体的生命相关，甚至直接决定着一个人的生与死。

一种符号，是如何被我们确认，并且习以为常的？我们生活在符号之中。我们挣扎在符号之中。我们安心在符号之中。具体的人，矛盾的人，生动的人，热情的人，都被符号化了。把简单的变得复杂，把复杂的变得简单，这个世界的冷漠，人与人之间的淡漠，是否与符号有着很大的关系？

一种意义，是如何通过符号成为可能，而且这种可能是如何被固定下来、被免于经受质疑的？一个社会的不正常，往往是从符号的变异开始的。变异的符号，更易于占领更为年轻的一代。一个符号，即是一个时代的投影。

用符号拼接成的现实，我曾视作一棵树的阴凉，炎炎烈日下，它只是暂时的驻足之地，我不想做过度的解读。未被解读的符号，在我这里都是没有意义的。它们的存在，更多的是别人的存在。我只看重自己所看重的那部分意义，至少在我拒绝解读的此刻，它们对我并不构成意义。

生活是一张符号之网，我们置身其中，终生不得突围。一些赤裸裸的象征，在日常生活中随处可见，这个被解读的世界，在不断地被赋予一些莫名其妙的内容。倘若缺少一双发现的眼睛，倘若没有一颗善于感知的心灵，这个世界永远是被动的也是破碎的。我寄望于一个完整的“看法”，就像拥有一片小小的天空，庇护我的流浪与漂泊。

对无意义的、机械式的生活，我更看重一个人本能的抵制。我们已经将本能太多地交付给惯性，去过一种顺从的生活，成为一个稳妥的没有风险的生命。当下的很多行走，不过是一种蠕动，背负了太多的身外之物，东张西望，左顾右盼，你能指望他走多远？我所期待的行走，是一个人孤独前行，绕开闹市，一个人去寻找另一个自己。

一个人要对自己的遭遇有所思，是那种抛弃所有偏见和定见的思考，紧贴着你的遭遇，深入到你的遭遇的内部，去注视，去默想，去发现，直到有一束光，照亮了你此前所以为的那些黑暗，然后又折射回来，烛照此刻的你。在这种照耀之间，你变得豁亮，变得超脱，变得更有力量了。一种温和的内在力量，这正是你所需要的。

一个宽泛的、几乎可以任意解释的概念，是不真诚的。有时候符号之所以是符号，取决于我们自身的认知。比如，大海在很多人那里是一个符号，被赋予了太多意味。要想真正理解大海，就要将附加在大海身上的那些东西剔除，拒绝想象和抒情。去看大海，是为了远离人群；去看大海，是为了亲近大自然。我们见过了大海，然后重新走向人群，就像苏轼当年所写下的“我持此石归，袖中有东海”。这时候的人，已经不是此前的那个人了；那个被看到的大海，也已不是作为自然界的大海，它成为一个人的海，超越了符号的意义。

在船上，老船长是符号，出海的人要靠这个符号来掌舵和捕鱼。船上的不同部位都是符号，不仅仅具有功能意义，而且被渔民赋予了象征意义，这些意义来自长期在海上的一些想法，没有什么对错之分。那些渔民亲历了太多风浪，最有资格谈论海、谈论海上的船只，他们是亲历者，更值得信赖。妈祖和诸神，对渔民是一个符号。这个符号里，有他们对生活和生命的祈愿，他们以虔敬的心态，不断赋予这个符号以新的生命力，让它变得丰富，不断获得成长，带动着整个事物不断提升。这样的符号，成为一种照耀。这是符号的意义所在。我们拒绝符号，是拒绝符号的僵化部分。

从大海到人海，我们看到了什么？

当大海成为符号，我们不是海水，也不是海中的鱼。我们只是在岸边想象大海和歌咏大海的人。

第六章

半岛的诗与思

入海口

这是夹河入海口。站在桥上望去，河水与海水似乎并不在同一平面。夹河一路跋涉，沿途吸纳了太多支流，才奔波到这里。鸥鸟在风浪中穿行。滩涂时大时小，有人在挖蛤蜊。他们时而弯腰，时而抬头，像在耕种大海。某一天，大水突至，有人没来得及躲闪，就被冲进了海里。那些面向大海抒情的人，这才意识到这个叫作“入海口”的地方竟然藏有如此危机。附近海域，若干年前曾发生过一起海难，船在距离海岸不远的地方缓缓沉没，那些落水的人，看得见岸边灯火，却无法也无力靠岸。

“入海口”对他来说并不仅仅是一个地理概念。它在他的文字中起初是模糊的，后来渐渐变得清晰。他试图赋予它一种品格，用以承载一些别处无法承载的东西。虽然，他并不确切地知道它能承载一些什么。一滴水，融入了大海，才不会干涸。人海之中，他是一滴出走的水。一滴水与另一滴水的相遇，是件难以说清的事。而他的所有努力，都在试图说清这件事，有时超越于意义之上，有时又深陷所谓意义之中。

黄河路上车来车往。这条海边的路，却是以河命名的。这是入海口。距此百里之外，是黄海与渤海的分界线。能够隔开两个海的，该是一种怎样的力量？

那天下雨，他站在夹河桥上，看夹河远道而来，汇入浩荡的大海。雨一直在下，那些雨点落入海中，想必激起了若干涟漪，它们很快就被更大的水和更多的涟漪吞没。他站在桥上，俯瞰入海口，不知道是心中装下了这水，还是一颗心被这水淹没。时光变得恍惚。雨在不停地下，就像那些陈年往事。

他洞悉了入海口的秘密，却从未说出口。

给鱼留路

磨坊水坝，阻断了鱼群的路。

苏格兰于是颁布了一道法令，所有的磨坊水坝都必须留下足够大的开口，好让鱼通过。这道苏格兰法令是在1214年颁布的，距今已八百多年了。这期间太多貌似重大的历史事件都已烟消云散，“给鱼留路”这个细节却留了下来。我们常说海阔凭鱼跃，天高任鸟飞，其实海已经不是那个海，天也不是那个天了。不管海里还是天上，“网”无处不在。在海边，我经常看到有人在一条小河入海的地方撒网，想到那些向往大海的鱼，却在入海口扑入了网中，不禁心生悲悯。

那个撒网的人站在海边，像是一道峭壁。

这里的海岸极为平缓，没有峭壁，也见不到乱石，我总觉得是一种遗憾。想象别处的峭壁巉岩，临海而立。海浪一次次涌来，然后被峭壁弹回，成为一道飞溅的风景。在阻与被阻之间，所谓的“美”出现了。浪涛把阻遏自己的巉岩分解成了若干石块，这些石块被海浪推着来回滚动，最终变为鹅卵石的形状。当我手摸光滑的鹅卵石，内心却是桀骜不驯。峭壁下的这方海域，曾经乱石滚动，犹似战争，海里的动植物不得安宁，要么消亡，要么逃离此地。我们所看到的，仅是宁静的海滩，洁净的鹅卵石，具体的过程都被略过了。那个黄昏，我从海边带回一块鹅卵石，摆在书桌上，伏案写作的时候，眼前常有乱石穿空、惊涛拍岸的幻觉。

有些时候，我把那栋临海的楼房视作所谓"峭壁"。想象乱石滚动，虚构一场又一场的战争，然后我到海滩上试着查看鹅卵石，却始终没有见到。海滩上，有人在徘徊，有人在用手电寻找沙蟹，一束光不时在海面晃动，把海浪分割成了千万份。

海中的"峭壁"随处可见，比如流网。这种网被置于水中，呈墙状，随水流漂移，把游动的鱼挂住或缠住。有专家认为，中世纪海洋渔业的兴起与"流网"的发明有关，这种网就像是浮在水中的一道墙，可以截获鱼群。从网上摘鱼其实是一件很麻烦的事。网里的鱼再多，渔民也不会嫌麻烦，想想也是，还有比下海更麻烦的事吗？起初从网上摘鱼时心里是有些急的，是那种按捺不住的急，后来就不急了。鱼进了网，上了船，一般就可以放心了。从网上摘下来的鱼，被丢在船舱，鱼尾击打船板的声音，白花花响作一片。

鱼缸是另一种墙。鱼在缸里游动，看上去自由无拘，整个家也有了动感。猫在鱼缸旁边玩耍，时常与缸里的鱼对视。听不懂它们在说什么。它们一定是说了些什么的。我时常喂猫一种精致的小鱼干，猫对此似乎并没有热情，甚至有些抵制。在渔村，人们会把吃不完的鱼晒成鱼干，挂到屋檐下，用网兜套住，显然是担心馋嘴的猫。猫瞅着网兜里的鱼干，目光温和，有些不解。很多事，人是被自己编织的网所缚住的。

防护林

在这个城市与大海之间有一道防护林。许是因为树木长得参差不齐，我曾以为它们是野生的，后来才知，那是几代人种下的林子。这片盐碱地上散落着十四个村庄，风从海上来，时常卷起漫天黄沙。

他们种下的这些树，以槐树居多。每年到了 5 月，海浪声中弥漫着槐花的香味。养蜂人从远方赶来，率领万千蜜蜂，就像一个人指挥着千军万马，在防护林里涌动。

后来我再也没有见过那个养蜂人。槐花依旧，开了一年又一年。大海依旧，海岸依然保持了平缓的样子。脚踩细沙，想到曾经的巉岩巨石，有一种时光感。抬头看海，海天一色，看不到彼岸。退潮后，海岸重新裸露出来，它已被大海赋予一些新的内容；也有一些东西，被大海遗落在了沙滩上。在海浪的巨大徘徊声中，唯有海岸知道它经历了什么。有一天，我一个人在海边，正远眺海天迷蒙处，突然就听出了海浪的节奏。那个时刻，我觉得自己是一个给大海把脉的人，从潮汐中辨出了来自彼岸的声音。这是大海的密语，让我突然理解了身后的这座城市，理解了大海尽头那个看不见的地方，也理解了我自己。

想到那些记录于生死之间的航海日志，它们简洁，残缺，是最神秘也是最珍贵的文字。正是那些亲身的经历，残缺的记载，拼接出了一份关于海的“认知”。他们的船，按照他们所发现的规律，在海上行驶。对于浩浩荡荡的波涛而言，岛屿、海岬，甚至还有岸边，都是障碍。那些从山上跌落的水，因为急遽注入大海而产生的冲击力，让浪涛变得不再规则。船在其间穿行，很容易就被淹没。抑或，在人类所设定的航线里，一个浪头从侧面打来，船可能就沉没了。

海上看雨。海浪涌动，跟雨帘交织成了若干的“点”，我觉得我所在的船，恰与那些“点”是重合的。这不是发现，是想象。这样的想象让我心生恐惧，觉得大海更加变幻莫测了。

下雪是另一种感觉。那个风雪之夜，我在楼上的窗口看到那海似乎要被雪填满了。海面与天空之间积满了来不及融化的雪，渐渐堆垒成一座山，向岸边移动。风卷动着浪，浪携带了风，固执地拍打岸边。往日那些面朝大海抒情的人，都不见了。只剩下愤怒的海，还有拒绝融化的冰。天亮了，海边一片狼藉，浪把岸边的石头都拍碎了。而防护林依然保持了原来的样子，狂野的海风，没能彻底穿越它们。我似乎理解了这片防护林的意义。

更多的时候，临海的那扇窗是洁净的，大海看上去纤尘不染。一束花，插在窗前的花瓶里。金色的阳光落在藤椅上。在花瓶里的花与大海的风浪之间，隔着一层玻璃。这个简单的场景，总让我想到那些更为复杂的人与事。可以不在意海上升起的一轮明月，最深刻的思念并不需要借助外在的事物来寄托；可以忽略海上的风与浪，淡忘风浪里的远航，一叶小舟停泊在心港，它惦念着别人看不到的那个彼岸；可以面向大海，忘记你的名字，忘记了走来时的路……只是，不该在窗口挂起帘子。这样的窗口，向着天空和大海敞开，不需要任何遮掩。

窗户对面的墙壁上，悬挂着一张地图。曾无数次站在地图前，目光随着手指越过千山万水，抵达一个又一个期待中的城市。然后，累了，坐到藤椅上，背靠着窗口。窗外是海。这面阳光照不到的墙壁上挂满了涛声。夜深人静的时候，一面墙，就像站立起来的海，难眠的人成为一枚被海遗忘了的贝壳。想象海上巨大的浮冰，宛若一座移动的岛屿，它的断裂和融化，在海上引起风暴。我们愿意把大海比作母亲，恰是因为无论怎样的风暴，大海都有不可抵达和动摇的深处，很多生物是在那里孕育的。

风浪之下，是一方安宁的空间。

一片防护林，隔开了大海与村庄。年复一年，生生不息。

我的所谓阅读与书写，其实都是为了构筑这样的一道精神“防护林”。自我的主体性，倘若不能有效建构起来，就很难抵御外界的侵扰。那片防护林一直在，它超越了功能与审美的意义，成为一个隐喻。

与一艘老船合影

沙滩上有一艘老船。我走过去，请朋友为我和老船合影。

人来人往。他们只是看到了大海。不曾亲历海上风浪的人，不要说懂得大海。这艘被废弃的老船，沉默着。透过破漏的船体，我试着去看不远处的城市，那是我安身立命的地方，一个变得有些模糊了的所在。我从那里走出，终将回归那里。就像这艘残船，正在一点点把自己归还大海，它是海的一部分，以前是，现在是，将来也是。

这艘老船，成为海边的一道风景。我没有意识到它是风景，只是觉得自己遇到了另一个自己。海还是那片海，是我们共同的背景。一些风浪从破损的船体中释放出来。这艘船走过的路，写在风浪里，也被风浪抹去。风浪是一只神奇的手，它挽留一些东西，也拒绝一些东西。在大海面前，人们往往只愿理解一朵浪花，一个贝壳，一只飞翔的海鸥。海是这些事物的背景。作为背景的海，是被真正理解了的海吗？

只见树木，不见森林；只见浪花，不见大海。想到那些写作的人，他们笔下倘若缺少了一种作为背景的“整体感”，那些碎片也就只能是碎片了。

一棵树，在山中成长，然后被砍伐作船，载于水上。船体在风浪中日渐朽掉，最后在火中化为灰烬，成为土的一部分，成为另一些树的养分。一艘又一艘的船，驶向大海。波浪与波浪之间闪烁的光，犹似利斧的锋刃。一棵树不同的生命形态，在某个时刻交织到了一起，被我发现。

海是包容一切的，包容它所喜欢的，以及它不喜欢的。这世间的所有困惑，海都以自己的方式给出了解答。懂了的人，自然不需要解释；不懂的人，再多的解释也是徒然。

这艘废弃的老船，其实一直在讲述。人们却以为它是沉默着的。

船已老去，而海正年轻。一艘老船的孤独，不在于海浪的巨大徘徊，而在于一个人渐行渐远。那个背影，带走了那些关于风浪的秘密。

荷动

从一句唐诗，留意到荷花的动，是那种最不易被察觉的也是最惊心动魄的“动”。它与所谓心动无关。

我在岸边，看到荷花，看到池水，看到池塘对岸的那些人与事。并不在意池水的深与浅、清与浊。这个开满荷花的池塘里是否有鱼，我也是不在意的。每天在池塘边漫步，静坐，这是一个约定。荷在一天的不同时段，凝聚不同的色泽，每时每刻都在发生变化。荷之于这个池塘，池塘之于这方空间，这空间之于这个城市，这城市之于我的内心，都是寻常的存在。所谓意义，所谓美，是在凝望中产生的。

似乎没有人停下来凝望这里。他们蜂拥而来，留下一些赞美，就匆匆离去。这里对他们来说，只是一个景观。

这些水中的荷，都与池边的我有关。在这个城市，它们是我的同类。它们与我一样，也是无根的存在。我站在池边，看水中的荷，就像打量另一个自己。我们之间，隔着一段自审的距离。这距离，不会产生美。美是靠不住的。我更相信日常中的姿态。

很多省察，恰是在日常中产生，又在日常中被湮没的。就像涟漪，在水面泛开，终将在水中消散。

不要做一个抒情的人，这是我一直在提醒自己的事。面对这水中的荷，我时常忘记了自我，也忘记了我所存在的这个世界。

一滴露珠，让荷战栗。一滴露珠，是荷花流出的眼泪。一滴露珠，从一片荷叶滚动到另一片荷叶。如果它没有滚落到水中，将会有更多的露珠，从更多的荷叶，滚落到更多的荷叶，直到荷花不堪重负，被压得沉入水中。这些露珠，在从一片荷叶滚动到另一片荷叶的时候，跌落水中，成为池水的一部分。一滴露珠，让池塘的水位发生了变化。没有人察觉到这种变化。水中的鱼，或许是被这滴露珠惊扰到了，在水中游动开来。那个叫储光羲的诗人看到了这一切，写下“潭清疑水浅，荷动知鱼散”的诗句。

鱼散。所有的人，终将是散的。鱼回望荷动，这是人世间最美好也最忧伤的悸动。诸多人心，不过是浮在水面的荷。那些看不见的鱼，那些被看见的荷动，与谁相关？鱼已散。这个秘密，若干年后也被岸上的这个人看在眼里。

我没有看到鱼。我看到了鱼动。

山谷的语言

酒庄隐在山的深处。山在距海不远的地方。我曾去过那里，置身群山环绕之中，仿佛有海的气息在弥漫，心中自是一片开阔气象。夕阳的余晖中，漫步在酒庄的葡萄园，被赤霞珠、霞多丽等葡萄苗木簇拥着，一种温润的感觉，让人的身心越发变得安宁。湖光山色与丘陵绿地遥相呼应，空气中暗涌着百果的清香。每年到了葡萄成熟时节，酒庄都会举行盛大的仪式，郑重宣告当年葡萄采摘与酿造的开始。年轻少女赤脚在葡萄园里采摘葡萄，她专注和小心翼翼的神情，让人忍不住生出一种爱意，你并不确切地知道，是爱这个在葡萄园里采摘的形象，还是爱着那一串串藏在绿叶后面的紫色精灵。

葡萄园的旁边，是栅栏。栅栏里，是一匹又一匹的马。那些马，拒绝脱缰奔驰，静默地注视着身边的葡萄园。我站在栅栏外面，像一匹长途跋涉、远道而来的马，注视着面前一匹匹的马，还有一望无际的葡萄园，心中涌起一种说不出的滋味。

那片浩大的水，有一个很好的名字：凤凰湖。从酒庄的窗口向外俯视，凤凰湖像极了一只凤凰。酒庄的东、南、北三个方向，都被凤凰湖的水环绕着。水是渺远的，山却很近。每一株葡萄，好像都有着不同的表情。湖中没有小船，唯有一片干干净净的水。徘徊在凤凰湖边，我想起了梭罗笔下的瓦尔登湖。人是喜欢逐水而居的，葡萄也是。正如那句来自法国的著名谚语——望得见水的葡萄园才能出产好酒。

葡萄是大自然馈赠的紫色精灵。山谷里的一粒粒葡萄，就像一个个饱满的词语，它们被一些什么样的手，排列组合成一种什么样的语言？遥想远古时代，地球上郁郁苍苍，满目葱绿，一只猿猴咬碎水果，然后吐在树杈的凹陷处，等它们充分发酵以后再开始饮用。人类与葡萄酒的初相遇，或许正在这样的偶然之中，他们那个时候并不知道，自己所饮下的，是一种后来被称为酒的液体。他们所知道的，是这种液体有着神奇的魔力，每次喝下它，总有一种不可思议的、让人愉悦又狂乱的异样力量出现。

在山谷深处的那个酒庄，我把薄如蝉翼的葡萄酒杯握在手中，就像端着一份来自大自然的秘语。轻轻地摇晃酒杯，然后把耳朵靠近杯壁，我听到了海浪的声音。这是山谷的回音吗？安静是艰难的。聆听是艰难的。对话是艰难的。当一个人的沉默，面对更大的沉默，表达已经不再是一个问题。

那个夜晚，我们住在山谷深处的酒庄，被大片的葡萄园包围着，安静得能够听到植物的呼吸。一夜无梦。早晨拉开窗帘，朋友忍不住一声惊叹，窗外的景色就像一幅山水画，动感，质感，灵感，百感交集。晨曦落在葡萄叶上，清新又柔和。太阳越来越高，耀眼的阳光中，一望无际的葡萄园仍然是安静的。

漫漫长夜

夜晚是有纹路的。沿着夜晚的隐秘纹路，我走下去，并不是走向黎明。我走向了一个人的灵魂深处，它与黎明无关，与远方的道路和无数的人们无关，与所谓的梦无关。

它与什么有关，我说不清楚。

我们都是爱着漫漫长夜的人。我喜欢冬天，是因为冬夜漫长，因为寒冷而少有蚊蝇飞舞。在孤寒的尽头，有一盏灯，胜过所有熊熊燃烧的火。

长夜的灯下，是另一种生活。我把那些所谓生活规则拒之门外，并且佯装认可和接受，它们是日常的一部分，是理所当然的现实。走在人群中，我对每一个人保持友善，但是极少有人可以真正走进内心。为了最卑微的艺术，我固守这样的一份傲慢。

在漫漫长夜，打开自我，认识自我，然后珍存和维护自我。我们在那个院子里散步，把漫漫长夜当作一个玩笑，轻松地言说。我一直在想，除了“漫漫长夜”，还有哪个词语可以更好地概括那些不言而喻的共同感受？我们都在各自的房间里读书写作，相互勉励和援助，向着心中的信仰挺进。有过这样的夜晚，那些日子是无悔的。

在漫漫长夜，我所面对的是我自己。我逼视自己，质问自己，为白天说过的话与做过的事而深深愧疚。耻感，是我无法摆脱的体验。

一本书的标点符号集体失踪，我的阅读仍然无法停止。眼睛在书中浮光掠影，心和大脑是无法介入的，思考变成一件虚无的事。

一些恐惧像细小的盐，在每一天的生活里出现。我还懂得恐惧，这是否意味着我并没有彻底麻木？已经很少有人愿意选择这种苦行僧一样的生活。这份沉重是不合时宜的。时常有年轻朋友问我：现在已经不错了，到了好好享受生活的年龄，何必还这么辛苦，这么与自己过不去呢？

我似乎一直在与自己过不去。我的心里装着更多的牵挂，它们与虚缈的星空有着千丝万缕的关联。

想起某个情景，那个冬日的阳光很好地照在身上，一个历经严寒的人，对每一缕阳光都抱有感恩之心，这是别人很难理解的。

一股凉意从骨髓中呼啸而出，像那些黑暗在黑暗中呼啸。

经历过一次次迷失，我意识到了潜伏在内心的那个密码。可是，我早已记不起它，我连自己的内心都无法打开，却一直在梦想打开整个世界。

我带着无法破解的密码走在路上。我并不在意暗处的窥伺，所有的隐私其实都逃不过一双来自高处的眼睛。我知道在哪个相似的路口将会遇到什么样的人与事，我知道并不遥远的前方被我越走越远，不管多么仓促和潦草的旅程，都来自上帝之手的安排。我原谅自己忘记了打开自我的密码。生命本来就是一个巨大的谜，我对这个谜始终怀有好奇和敬畏之心，谜底并不重要，重要的是这个谜的展现过程，以及我对这个过程的态度。所有的秘密，都终止于将要彻底展现的刹那。

这个世界瞬息万变，变化与变化相互交织，未知与未知互为印证，也许魔幻的、荒诞的表情，才是最有效的表达方式。以魔幻应对魔幻，以荒诞回答荒诞，这不仅仅是一个艺术表现形式的问题，也内在地包含了一个人在认知世界方面抵达的层面与深度。

我的忘却从很久以前就开始了。不忍回首的童年记忆，那个孤独的孩子是怎样跌跌撞撞地走到今天。终于有一天，我突然意识到，因为童年记忆的无法打开，我的写作是无根的。我的所有飘忽，所有与世事的隔膜，似乎都可以从这里找到症结。成长是唯一的选择。马拉美说过："用一种母语之外的语言写作，才可以真正将萦绕于童年岁月中的心结释放出来。"对于母语之外的语言，我更愿意理解是童年话语和此刻话语之外的语言，也就是彼在的语言。我极少碰触童年记忆。事实上，我在努力淡忘它们，而不是让它们在笔下一次次地走过来。我知道这是为什么。也许有一天，我将真实地写下它们。

我希望我的双脚永远是扎在大地上的根。

这不是一条被复制的路。因为我从这条路上站起，最终也将从这条路上倒下，我懂得这条路的每一次脉动，懂得这条路在之前和之后对我意味着什么。

密码并不必然地导向所谓秘密。很多人用一生破解了某个密码，打开神秘盒子，里面储存的，不过是人世间最简单的一个常识。

旁观者

我只是一个旁观者，看到了我所看到的。世事纷扰，看见即是一种选择。米开朗基罗在自然石头中看到大卫的形象，于是搬回家，去掉多余的东西，最终成就了《大卫》这个作品。发现的眼睛，以及懂得什么是多余的，这有多重要。

我从来就不曾真正地介入。那些决定我和影响我的事情，在我之外发生，我成为自己的旁观者。与此同时，诸多与我无关的事情在内心纠结，不知所措，我迷失在别人的事务里。在被动的选择与主动的人生之间，究竟存在一种怎样恒久的力？它改变我，也捍卫我；它远离我，也拥抱我；它伤害我，也成全我。

有些情感是不需要表达的，有些爱永远都不要说出口。

那些不曾说出口的话，我将永远记着。在世界的逻辑中注入个人情感，我仍然是这个世界的旁观者，始终放不下对自我的警惕之心。在这世上，我最不放心的、时刻都在警惕的，是我自己；我最珍惜的，其实是这个旁观者的身份。

火车站里一片嘈杂，各种气味交融且凝滞。旅客脸上挂着形形色色的表情，站在人群中环顾四周，看不到一个表情平静的人。每次走进车站，我都会有别样的感慨，却从来不曾深入地想过车站对于人生究竟意味着什么——从不同的地方赶过来，等待，然后踏上站台，走向约定的旅程。一个农妇，紧紧地抱着怀里的包裹，不停地打量周边的人，她警惕的神情，也激起了别人的警惕。车站嘈杂。旅客的心态比环境更嘈杂，每个人的脸上都写满了焦躁，唯有那个农妇的毫不掩饰的警惕与不安，让我感到是有重量的。这些年来，我遇到的旅客都像烟尘一样飘散了，唯独那个陌生农妇的有重量的表情，在记忆中留了下来，成为我看待人与事的一个参照。

夜幕降临的时候，我驾车像蜗牛一样爬过这个城市；午夜时分空旷的街道，等待我像风一样飘过返程。在不同时段的同一条路上，我体味到了巨大的轻，这人世间的恍然彻悟，让我无所适从。

那些拥堵的，那些畅通的，那些经过我和我所经过的，都将在记忆中被新的记忆覆盖。这尘世的轻，有什么会在心底沉潜下来，在没有方向的日子里给我安慰？

关于艺术，关于友情，关于存在和虚无，其实都是有重量的。心灵的刻度，也许是唯一无欺的衡量标准。太多的人置身于彩色泡沫里，看不到更远的地方。

对很多人与事的看法，保留并且不说出，也许更需要力量。说出它们是轻易的。我不说出，并不是因为懦弱，它们储留在我的心里，终将转化成为另一种力量；我相信这些被保留的看法所转化成的力量，将会介入我的血液，直接影响到我对这个世界的理解和面对。我只是想过一种简单的生活，不需要壮怀激烈，我以平淡的方式拒绝那些在别人看来唾手可得、不得白不得的现实名利。写作对我来说更多的是一种生活方式，一种可以抚慰身心的劳动，就像我的父母在故乡土地上的耕耘一样。对于季节和收成，他们无力改变什么，他们所能把握的唯有劳动，在劳作过程中体味日子的滋味。我一直记着城市郊区建筑工地上的那段青春岁月，它们是我一生的财富。劳累和贫穷都已淡远，有一种东西一直留在心底，伴我成长。我忠厚老实的父母，给了我世间最素朴也最昂贵的品质，这是我行走路上的永远的干粮。与人为善，心存感激，做一个干干净净的人。不需刻意强求，我一直在这样做着；不曾激烈地拒绝，以后也不会。我以平静的方式面对时尚潮流，不管它们如何汹涌，都无力席卷我。我只听从来自心灵的声音。

拉开窗帘，窗外是另一个世界。白色的光有些晃眼。我坐在椅子上，像一个陌生人，内心安详。街上传来汽车驶过的声音。这样的一个上午，夜色依然没有撤离，我依然迷失在昨日的夜色里。这个世界以及这种生活并不属于我，我也从来没有如此奢望过。我更想过的是离群索居的日子，偶尔走向人群，暂时地离开自己。当我离开自己的时候，更加懂得如何爱惜和维护自己。人群并不是让我情感认同的事物。我所热爱的，永远与我保持了一段抹不去的距离。那些坚定与执着，那些美好的情愫，因为距离的存在而存在。

我不羡慕别人的生活。我深爱那些属于我的时光，爱那些时光里简单固执的自己。这个经历了一些事情的人，始终是沉默的，日子越来越简单，越来越安宁。他的沉默，有了一抹悠远的回声。

在别人忽略的地方，我找到自己的快乐。请原谅我不能告诉你，这究竟是怎样的一份快乐。那些懂得这快乐的人，我视之为知己。

我们终将在路边的某个拐弯处，促膝相谈，然后挥手作别。

被删除的

用笔在纸上写信。我把它装进信封，送到邮局，托付漫漫无期的邮路。这封信，我拒绝电子邮件，拒绝瞬间的抵达，拒绝把这份情义投放到巨大的网络世界中。

缓慢的抵达，也许是更自信更有力量的抵达。

很多人走过千山万水，其实思想早已瘫痪，他们只看到这个世界的变化，拼力追逐速度，忽略了变化之下作为一个人的状况。或许，一个犹疑，一次迟钝，胜过任何的速度。一个背影，即是对这个社会的最坚硬的态度。

我甚至忘记了自己曾是一个热爱倾诉的人。外面的狂热与我无关。活在这狂热的世上，是否保持了一个正常人的体温，这是我所在意的。车轮滚滚，向着城市而去。人群拥挤，向着城市而去。我从城里来，心知城里事。我不知道，该如何讲述外面的事。一个人与土地之间血脉相连的脐带被割裂，作为追求效率与速度的赶路人，我们成了这世上无根的存在。最美好的梦理应有一个“核”，像种子那样，生根，发芽，然后才谈得上成长。

我的心里没有种子。我的心里有一座山。每个人的心里都有一座山，它只供你一个人攀登。这是对自我的检验，重量和高度的双重检验。我的小小的内心，只要还放得下这样一座山，日子对我来说就是平静的。存放在我心里的这座山，它的崛起不会被更多的人看见，只有我知道这是一座成长的山。

看潮来潮去，一块孤独的石头渐渐浮出水面。一个人从人群中显现，他所能做的，就是站在原地，回首或眺望。当黎明降临，他按下删除键，就像那个夜晚什么也不曾写下。在这个过程中，他完成了自己，有些东西永远删除了，有些东西以另一种形态留存下来。

有一种爱一直珍藏心头。有一些话，永远不被说出口。一张纸的空白里，究竟隐藏着多少未知的可能性？

若干年前，我已开始尝试使用减法。这个世界泥沙俱下，减法作为一种温婉的应对方式，时常显得措手不及。在焦虑和犹疑中，我学会了删除，毫不惋惜与留恋，决绝地表达我的态度。相比那些繁华，我更爱我自己，爱我所写下的那些思考与体验。一些琐屑之事，倘若不能在日常中见缝插针地处置，它们终将联手侵占你的大块时间。我没有耐心去善待所有事务，常常是很小的一件事，就将我折腾得心神沮丧，筋疲力尽。

我删除一些事物，也被一些事物删除。我向往着，这个世界能够简单一些，再简单一些。

回首二十多年来的流浪生涯，每离开一个地方，我总是习惯于整理和打包自己，把日记和书信销毁，背着最简单的行囊上路。我不知道我究竟在追求什么，最终将会获得什么，但我知道什么是必须删除的，它们不该出现在我的行囊里，甚至不该在念想中闪现。

有些人将永远不被祝福。他们从这个世界悄悄拿走了一些东西，造成这社会永不痊愈的伤口，成为人类无法偿还的债。

听一支歌，我习惯于成百上千遍地听，直到听出了声音的骨头，熟悉到不再构成一种打扰，才开始让这个声音从生命里渐渐淡去。而一些人与事，将永远被屏蔽在一段冷静的距离之外；还有一些人与事，与我相遇，然后被我从心头默默地删除。

那些被删除的，有着这个人对道路与方向的决绝态度。

湿地

沿着湿地公园走，随处可见钓鱼的人。不同颜色的伞下，隐约露出不同形状的小椅子，椅子上端坐着钓鱼人，身后有人偶尔走过，他们旁若无人，纹丝不动。我在一个钓鱼人的背后伫望了很久，直到他站起身，把积攒在网中的鱼倒进水桶。倒入的过程有些漫不经心，有的鱼在落入水桶之前，顺势一跃就跳进了水里，钓鱼人并不慌张，也不试着去捉，满脸宽容无所谓的神态。有条鱼跳到了水桶外面，在地上挣扎着，钓鱼人随手捡起，并不放入桶里，而是轻轻抛向身边的湖水。举手之间，他成全了一条鱼的自由。

站在柳树下，我与钓鱼人简单聊了几句。他从早晨五点开始钓鱼，到九点多钟太阳完全升起的时候，就收工了，他并不在意收成如何，脸上没有欣喜也没有悲观，完全是一副超然的神态。

一片水。

不知名字的水鸟在飞。

越过水中的芦苇，我看到掩在绿树间的古色四合院。再往远处看，是红色楼顶的居民楼，旁边是塔吊的臂膀，隔着遥远的距离，热火朝天的施工场面，让我感到有些淡淡凉意。

车停在垂柳下。人在河边漫步。一座小桥把大片的水分割成了两片，人在桥上走，宛若入画中。

绿色垂柳下，紫叶栗刚开始成长，燕子的羽翼在白亮的阳光里翻飞。

水边有一株向日葵，并不高大，黄色的葵花，在太阳下闪着自己的光泽。蜜蜂在葵花间流连，若即若离，不慌不忙，不曾在意我的到来。

不同形态的石头随处摆放，因为石头的存在，水变得不再单调。水与石相望，颇有几分默契。

蜻蜓在飞。知了在叫。一种乡愁涌上心头。

竹子是刚种下的。白杨树瘦且直。阳光斑驳。想象若干年后，这片密集的杨树林将会发生一些怎样的故事？

显然，这个园子是新建的，没有太多人工痕迹，更多的是原生态气息。在这里，若干年后的样子是可以提前想象到的，一种叫作期待的情愫在心里涌动。

山楂树下的空地，老农正在种菜，他说这里曾是他们的庄稼地。不远处的萝卜已经拱出嫩芽。在公园周边的空地上种菜，更易于让人感受到日常的生活。农妇在挥舞铁锹劳作，偶尔停下来，看一眼我们这几个路过的人。

走在湿地公园，随处可见散落在各处的碾盘。碾盘替代了别处通常可见到的雕塑景观，这是对土地对庄稼的纪念。曾经，一代又一代的农民在这里耕耘。后来，这里被严重污染。再后来，这里被改建成了一座湿地公园。一座公园，该如何记住和表达它的前世今生？

一直以为是在画中走。画并不完美，但真实。直到遇见那个种菜的老农，我才知道又回到了现实之中。于是，这座公园在我心里有了日常的烟火气息。

他们在清扫落叶

他们在清扫落叶。树影婆娑，四五个环卫工人费力地把一袋又一袋的落叶抬到垃圾车上，那一刻我相信落叶也是有分量的。一片叶子砸向地面，它倾尽所有力气，完成的不过是在世人眼中的飘落。它的飘落对于坚硬的地面，对于地面上匆匆行走的那些人来说，是没有分量的。它的飘落，时常被解读成了所谓伤怀和浪漫。然而今天我看到，若干的落叶汇聚到了一起，凝成巨大的分量。它们的分量与环卫工人相遇，被那些最卑微的生命所感知。

每天踩着落叶走过那片园林，透过脚底下厚厚的落叶，我感受到了大地的呼吸。

落叶里，孕育着一个新的生命。而他们在清扫落叶，把所有落叶都当作垃圾运走了。这是落叶在城市的命运。一片叶子，把最美好的年华献给了他们。而他们不曾察觉，似乎一切都是天经地义。他们以为树叶转绿和花朵绽放都是季节的馈赠，他们以为一片叶子落了总会有新的叶子长出来，他们以为落下的仅仅是一片叶子，他们以为自己是可以创造和拥有一片森林的人……

对待落叶的态度，其实也是对待树木的态度。一片落叶被清扫，让一棵树感到哀痛。

无言的大地，已经感受到了太多来自树木的哀痛。

他们不曾察觉。他们心里装着的，是作为城市装饰和点缀的树。一棵叶子落尽的树，它的被关注与被欣赏，只能留待下一个春天的到来。

春天是无辜的。春天只是季节链条中的一环。他们把春天从这个链条中拆解出来。他们的目光和心思只愿停留在春天里。

某个遥远的傍晚，我在下班路上遇到一个环卫老人，她坐在一棵树下，脚底下的垃圾桶里盛满落叶。她坐在路边，看车来车往。正是下班时刻，飞鸟也在回家。她坐在那里，像是一座城市雕塑。我在不远的地方停下脚步，怕打扰了这个老人。她身边的那棵树上，只剩下最后一片叶子，没有风，一片叶子在黄昏的枝头静默着，老人仰头看一眼悬在头顶的叶子，又低下了头。她不时地仰头，然后低头，是在等待那片叶子落下来，然后扫进垃圾桶，结束一天的劳动吗？……我想了很多。车来人往。那片叶子岿然不动。

打扫地上的每一片落叶，这是她的工作。她不会想更多，生活中那些最真实的困苦已经让她不堪回想。是我想多了。我的忧虑对于这个浮躁的现实来说是多余的，甚至是可笑的。

一片坚持到最后的叶子，一片终将飘落的叶子，让我看到这世间的某种坚守。我在熙来攘往的马路边停了下来，远远地打量一棵树，也站成一棵树的样子。

林间小径

在竹林里穿行，我把自己走成一株竹子。当有了竹感之后，再复杂再纠结的现实困惑都变得简单，不再成为一个问题。

对于这条小径，速度是没有意义的。不需要速度的路，自然会走出另一番感受。我曾从这里无数次地走过，在小径尽头，有一个叫家的地方，不需要守望，也无所谓等待，举步或回首，都是家的影子。

竹是飘逸的，像是那些想要飞起来的生活。傍竹而居的人，在竹林间的小径徘徊，内心也渐渐变得空了。这是最好的精神减负。我曾与一株竹子长久对视，想要与竹说些什么。我的心里装着太多事物，而竹子淡看世间，几乎拒绝任何东西进入内心，我们的语言，我们的诉求，是不对称的，无法抵达最终的理解。在这个过程中，我受到了触动，更深地明白了舍弃的意义，一个人要想保持内心的畅通与轻松，唯有懂得舍弃，学会拒绝。一株又一株的竹子，像一个又一个超脱淡然的人，站在路边，随时对路过的人传递对于生活和生命的理解。我曾那么固执地相信内心的力量，当我模仿一株竹子，把内心排空，重新面对我所要面对的那些难题，才发觉一切都已发生了改变。

这个世界不曾改变。改变了的，是我们的内心。

与一株竹子对话，不需要风来翻译彼此的语言，我的内心早已狂风大作，一些坚固的事物随风而去。

满院的竹子，绿意盎然，我却从未想过秋天的收获。在这里，收获并不是最重要的。没有关于收获的期待，让你更加坦然地享受这里的绿意。也许，这是更珍贵的收获。

我把这条林间小径视为我的人生路径。当然也有放飞的梦想，那是一些与明天相关的事物。明天是未知的。明天的我也是未知的。这让我越发意识到，今天最重要的事情是把握自己，不能在诱惑中放弃自己，不能在被裹挟中迷失自己，不能在自己中迷失自己。我曾经一直以为自己是正确的，在这样的正确意识中失去了太多说不清的东西。这样的失去并没有让我贫瘠，反而让我变得更加富足。我所看重的是精神层面的事物，它们在别人眼里无足轻重，可是我知道，倘若我对它们的谈论不够郑重，内心必将失衡。在一个失衡的世界里，一颗失衡的心何去何从？

打开自己是重要的，但有时候我们更需要的不是打开自己，而是封闭自己。面对外界的喧嚣，悄然关上一扇门，这不是对世界的拒绝，不是简单的融入或逃离。人心有时候并不在躯体之内。当我们在一些陌生的地方遇到我们的心，才恍然意识到，一颗心不在自己体内已经这么多年，以至于我们不敢确认，没有勇气说出，只能等待那种似曾相识的感觉，在眼里，在大脑里，渐渐地复苏。

在社会巨变的背后，一定还发生了一些什么。

巨大的谜，需要质疑与反思才可抵达。

一片叶子飘落地面，我的脚下微微颤抖了一下，不知道是因为这片叶子的落地，还是因为我的心的战栗。这片叶子，将在清晨被清洁工扫走，抑或从此腐烂在泥土里。

阳光像是被天空筛落下来的，匀称，合理。有什么可以对阳光进行拣选?

除了天空，还有心灵。

对苦难和幸福的书写，只有经由内心的转化，才会更真实更有力量。当我说出我对这个世界的理解，总有一种惶恐感难以排遣，就像一个巨大的气球遭遇一枚银针，爆裂只在瞬间，猝不及防。

世界并不遥远，不需要所谓“走向”的姿态。我们一直存在，作为世界的一部分而存在。当我们对世界的认知是以牺牲自我为前提的，这份认知将会把我们重塑成什么样的人?

一只气球随风飘向高处。天空像一个巨大的陷阱，那只随风飘走的气球在劫难逃。

我仰望天空，天空一无所有。我什么也没有看到，只听到脚下的土地隐隐颤抖了一下子，世界很快恢复安静，就像什么也不曾发生。天空下，那些行色匆匆的人，没有意识到在距离地面不远的高处发生了什么。

第七章 渔民说

徐立国 / 摄影

少年出海

出海打鱼的年轻人越来越少了。上面鼓励渔民转产，我这么大的年纪，转产了再干啥？这辈子只能吃打鱼这碗饭了。

小时候一天到晚在海里泡着，念书不用功，父母也不管，毕业了也没啥要求，出海就行。刚出海时，船上都是老船员，我十六岁，最小，技术活不会干，体力活又顶不上，只能刷个碗，收拾锅碗瓢盆之类的，相当于学徒工。这样学了三年，从值班干到掌舵。掌舵是个技术活儿，跟开车差不多，晚上有灯看灯，白天看船方向和船角度。那时出海时间长，白天晚上连轴转，分三班倒。不值班的时候提网、拉网，还有下网、上网，上了网，给鱼分类分拣，拣完以后用水龙头冲洗，然后下舱，再加上冰。出一次海，一般是半个多月的时间，舱里放着冰，有十几吨，保鲜，防止鱼坏了。

学徒三年，怎么掌舵，怎么扒网，甭想老船长手把手教你，得自己看，自己动脑子，边干边学，一点点积累。我脑瓜笨，有时反应慢了，就被老船员笑话。船在海上，太孤单了，他们拿我寻开心，我也开心，慢慢就悟出了门道。海上的事，关键是把心放平了，按规矩干活，舍得下力气，多攒经验，他们说笑归说笑，说的全是经验。

白天就看船的动态，用眼看，也有雷达。隔的地方远，有雾了，下雨了，看不见，就看雷达，看它们怎么动。不管是跑船还是拖网作业，用雷达扫周边的船，三海里或六海里内，观测船的动向，能不能碰撞，是不是得提前躲避一下。“左红右绿当中白”，这是航海规定，教你辨别对面来船的船头在什么地方。按理说，跑航行的船得避让我们拖网的船，因为两个船拖着网，速度慢。事实上货船一般不躲小船，这有点以大欺小。他不躲你，你就得躲他。船长总结了“早大宽”口诀，就是早发现，早避让。海这么宽，拐弯要拐大弯，角度要大，让对方看到你的船在避让。路子宽一点，你好我好大家都好。老船长说了，我们出海是打鱼的，给人路，这也是给自己路。

说起海上作业，把一盘网从网场拿来以后，有网橛，有浮子。还有装鱼的网叫网腚，学名叫网囊，一点点对接拼凑起来，压上铁链子，上面安上浮子，把这个网撑起来。还有钢丝。还有风网的空纲，一个上纲，一个下纲，上面的上纲连着浮子，下面的下纲连着网链、网橛。这个情况，得学习，得知道。

新手还要学很多东西，比如工具坏了怎么修，网破了怎么补。如果不会补网、补不好网，老船员就瞧不起你。学会了以后，还得手头快，同样的时间，你补一个窟窿，人家补了十个窟窿，这肯定不行。手脚麻利，才算真正出徒了。补网这事，一般都是老船员在干。新手上船，先是拣鱼分类，把鱼归类冲干净了，再下舱加冰，就干这套活。休渔时，网具都弄到码头上修补，新手这才有机会学着补网。再就是起网、放网，这些都很好学。1994 年开始拉浮拖网，这之前是拉地拖网，浮拖网很少，常年拉地拖网。浮拖网产量高，拉的是中上层的鱼。地拖网是拉水下的鱼，主要是巴蛸、偏口、摆甲鱼、红虾、白虾。

船上的生活挺简单，吃点小鱼小虾。稍微贵点的，比如鲳鱼，比如大虾，都不舍得吃。一条船就十多个人、十多张嘴，一桶油吃多长时间，大师傅要算计着吃，不能胡吃乱吃。这么省钱，是为了大家年底可以多分钱啊。

船长领着我们出海挣钱，是全船的主心骨。他不跟风，不跟大家一起走，有个性。对网具也很有研究，自己动手改良网具。什么季节来什么鱼，鱼虾在春天从南方到渤海湾的洄游有什么规律，什么时间要到什么地方去等，船长都有经验，这些经验学到了手，到老都好用。

那个年代没有电视，也没什么娱乐项目，闲下来的时候，大伙就打扑克，扑克牌经常被风刮到海里。有一回，一条小黄鱼咬着扑克牌走了，船长说，谁不学些本领？他们打牌，我就找些船上的杂活干，也跟着喝点酒。上船不让喝酒，就像开车不能喝酒一样。酒都是自带的，大家都爱喝点。出海这活挺累的，一天到晚都在船上忙活，太孤独了。他们心里有数，少喝点酒，不耽误干活。

“装脚”

我干了四十年船长，十七岁就开始摇大橹，摇不动也得摇，稍一松劲，船就退了回去。一个人咬着牙，跟大海较劲。遇了风，十几个小时回不了家也是常有的事，回想起来，头发梢都发麻。现在出海，比以前安全多了，全都机械化了，有雷达、探鱼仪、导航仪，前面有雾看不见的话，照着跑就行，好天坏天差不多。以前不是这样的，上了船，不分白天晚上，渔民出工一百天，是按照二百天来算的。船是露天的，几个人挤在船上，看天上的星星，吃面条。一边吃，雨就下满了锅，把面汤水冲得更浑了。

第一次出远门是 1975 年，那阵我带船队去舟山打鱼，十条船，一百二十多人，在海上跑了三天四宿，那时没有导航，靠一个罗盘，还有一台电报机。海上起雾了，模模糊糊看见西边一片灯火，抛锚，天亮雾散后，打听当地渔船，知道这就是舟山了。上岸后，当地渔民真热情，像自家人一样亲，先给了水喝，又说了鱼群的情况，哪场好围，哪场有险。出海打鱼，船和船之间也没啥矛盾，不像现在这样你抢我夺。当地人平时吃大米，不做馒头，那时咱还吃玉米饼子，他们没吃过饼子，掰点尝尝，觉得太粗，不爱吃。他们吃馒头还行，但不会做。在舟山待了两个多月，主要是捕大黄鱼和小黄鱼，我一网拉过三万斤大黄鱼，就拉了这一网，再以后就没有了。1983 年我再去舟山，大黄鱼还有，一网里带几条小黄鱼，总的看明显少了，有条小黄鱼咬着大黄鱼的尾巴，怪可怜的，就放了。现在的大黄鱼，市面上见的，饭店里吃的，一般都是养殖的，野生的很少。据说有人打了一条野生的，卖了十多万块。

能找到鱼群，这是打鱼的硬功夫。我把中国的海岸线基本转遍了，往南去过济州岛，往北到过营口，往西到过秦皇岛，到处都在传说“船老大”的故事，版本不同，内容差不多，都是说船老大如何善于发现鱼群，每当发现一处鱼群，他就把别的渔船带去，然后自己又去寻找新的鱼群。在渔民心目中，船老大的威信比任何人都高。过去打鱼，发现了好的地方，渔民之间相互告知，现在若是谁发现了鱼群，都会保密，恨不得自己一个人把鱼捕光。以前海水质量好，水里的鱼子都清晰可见。看过去的老照片，海滩上白晃晃的一片，全是鱼。现在都没有了，人把海捞空了，打了一辈子鱼，从来没有想到人类竟然能把大海捞空。渔民把鱼的习惯研究透了，只要发现了鱼群，一般是跑不掉的。春天打上来的鱼，都是带子的，这太残忍了。这时候的鱼，我是不打的。海岸线砌了起来，这对鱼的繁殖产卵也有很大影响。网扣越来越小，渔民在网扣里面再铺上一层防蚊网似的小网，鱼苗都逃不了，这种断子绝孙式的捕捞，太可怕了。

1959年秋天到1960年春天，村里共有十六个渔民遇难，明知道天气不好，硬是要出海，最后翻了船。八十年代，烟台渔业公司动员去远洋捕鱼，标准是“三通四满意”。“三通”是自己思想通，爹妈思想通，老婆孩子思想通，才能上船作业。“四满意”具体是指什么，记不起来了。那次出远门，主要是捕带鱼，两年时间就扫光了。一年后，这支船队又换了个地方，不到两年又扫光了。所有船员，最后都发给冰箱、彩电、洗衣机，这在当时被称为“三大件”，是很有诱惑力的。村里的年轻人很犹豫，不想去，又想要“三大件”，最后到底是去了。这批人，两年后又续签了合同，继续留在那里干了两年。四年后，他们把破船就地卖掉，坐飞机回来了。

1991年，村里组织去考察海南岛，下半年就开了十条船过去，在海上跑了八天八宿，一口气开到了三亚……中国渔民捕鱼，太强大了，先进不先进且不说，捕捞量太大了。

渔民出海，有很多讲究。比方说，上船的饺子下船的面，也有说是进门饺子出门面，意思是出海要走的时候，全家一起吃个面，用面条拴着他，让他平平安安地回来。老辈人把面条看作绳子了。出海回来的时候包水饺，是团圆、圆满的意思。

我是开小船出海的，一趟大约七天时间。在海上漂七天，等到吃的水没有了，就该回家了。船上的水是这样的，吃的水就是吃的水，洗脸用海水，刷锅也用海水。船带出去这点水，都是用来做饭和吃饭的，不能浪费。我在海上，鱼也能到家。海上有收购船，咱打的鱼，他过来买。有买的，我都卖；没有买的，我就去“装脚”，就是你的船比我的船大，你帮我把鱼捎回家，我给你支付一点费用，也叫“脚力钱”。有的渔民专门弄个船，他没有网，不网鱼，就专门出海“装脚”。比方说，捎一百条鱼，他不用你给现钱，只要十条鱼，咱就给他十条鱼。他帮忙把鱼捎回家，给咱家九十条鱼，他自己留下十条鱼作为工资。人在海上，就这样每天都把鱼捎回了家。剩下的几天，我留在海上继续打鱼，打了鱼再找“装脚”捎回家，就跟现在的物流一样。“装脚”应该算是最早的海上物流了。

渤海湾不大，鱼在春季进了渤海湾。到了冬天，大小船都不干活了，整个冬天啥事没有，渔民就在家收拾收拾网具，串门，聊天。鱼在冬天往南走，慢慢到舟山和海南那里。什么时候来，什么时候走，鱼也是有季节的。渔民出海，想多打点鱼，跟农民种地想多收点粮食是一个道理。但是你不能连鱼子也打。不能没等鱼长大，就都去捕捞。不能看见别人捕的小鱼那么小，你也要捕，否则就觉得吃亏了。现在都是高科技，只要有鱼就不剩下。你就说那个鳀鱼，土名叫离水烂，一离开水就烂了，以前都不愿意捕这种鱼，这种鱼的繁殖力极强，海里到处都是。现在这种鱼也不多了。舟山渔场那么大，据说现在都没鱼了，别的地方就更不用说了。这个捕捞量太大，以后资源都枯竭了，怎么办？

大鱼

电视台叫我拍一个专题片，拍的是出海的整个过程。出去前，得准备，先是维修渔具，摆拍一下就行了，船开始出海，打开探鱼器，探到鱼群以后就下网，然后起网，具体是怎么下网、怎么起网的，都拍了下来。那次拉了一万多斤鱼，这些人，忙着装船，前面后面全是人，怎么装上船，怎么加工，怎么下陆地卖……这一全套，电视台全都拍了，拍成了一个专题片。包括那天晚上大师傅做的炸酱面，用鱼子做的酱。具体怎么个做法、怎么个吃法，电视台也全拍了。这是好几年前的事了，我当时还领着船出海。这些事，成天见，在电视上也播了。当时我没跟记者要片子，后来张了口，他没给我。

拍片的时候，记者也问到了大鱼，记者想听大鱼的事，我说渤海湾里的大鱼已经很少见了，只能口头讲一讲往事了。

我第一次见到鲨鱼，是七十年代刚参加渔业生产的时候。那天在船上，海上一点风也没有，同船的小伙伴说下去游泳吧，海水那么蓝，我还在犹豫，他就拖着我，一下跳进海里去了。只觉得怕，在水里围着船转了一个小圈，就赶紧让他们把几个人拉上船来。我们上来都没有商量话，心里直打慌，在水里只觉得阴森森的，有些怪异。可就对了，爬上船，停了片刻，大鲨鱼轰的一声，就在船旁边冒了出来。我们吓得不轻，现在回想，也觉得后怕。

八角湾里以前有好多鲨鱼，现在几乎没有了。鲨鱼的牙很厉害，比刀都宽，还有大齿子，大齿子牙都有好几层，是三层，不是一层。鲨鱼伤人，伤过村里的人，不是叉腰，就是叉腿。这湾里，鲨鱼一般在大石头底下歇息，没声儿。你到那里游泳，鲨鱼突地起来就叉你。见到鲨鱼，你不能跑，你跑，它就会从腚后叉你。渔民下水，常在水面放些草，鲨鱼在水底下，看到草的影子会害怕，被草的影子吓走。鲨鱼很有力气，能从水里跳起来，把钓鱼的人攻击了。海里有力气的还有巴蛸，传说中有像水桶那么粗的，它在船底下，经常冒出来，用触须摸一摸船上的人。晚上船员就不敢在船板上睡觉了，怕被巴蛸摸了掉水里，这都是传说，我没有亲眼看见过。

我们从前钓过鲨鱼，钓钩用的是杀猪匠挂猪肉那种钩子，带着铁链儿，绑到那个竿上。我钓过一条鲨鱼，有二三百斤，是白鲨，涩丢丢的。钓上来的鲨鱼，就卖了，但卖不上钱，当年不值钱。咱当地人不愿吃鲨鱼，都是卖给鱼贩子。

渔民一般不敢去网鲨鱼，容易损坏网，还容易把你带水里去。鲨鱼有力气，那劲狠，扯网，网到鲨鱼时，就怕船、人仰水里去。渔民会打它的嘴尖儿，鲨鱼的嘴尖最脆弱，怕打。那些鲨鱼，一般都是误闯进鲅鱼网或鲐鱼网的，它也怕啊，被搅在里头，滚来滚去，最后是鱼死网破。小船装不下这么大的鱼，就用绳子拴着鲨鱼的头和尾巴，跟着小船往回拖，拖回来，交给水产处理。打了这种大鱼，挺害怕啊，有胆小的直接就在海里放掉了，胆大的就拖回家，卖了。

鲨鱼伤人。鲸鱼不伤人。渔民称呼鲸鱼为老人家。

有一次出海，海上风平浪静，上了一网，净是小鱼儿，带泥带水的，倒在船上，我就站在旁边弄个水桶打水，用来冲洗船上的鱼。我打到第三桶水的时候，往下一看，真个雪白雪白啊，是鲸鱼的嘴唇子。我看见那个嘴唇煞白煞白的，它就在这等着喝洗刷鱼的汤呢。它看着你，你看着它，看得长了，挺吓人。

那年在渤海湾北面打鲐鱼，双船围网，就是两条船一开始绑在一起，发现鱼群以后，两船分开，再合围。我的妈呀，船跑着跑着，就发现鲸鱼群了，满海都是，把整条船都包围了。船上当时还有“鱼眼”。什么叫“鱼眼”？“鱼眼”是个人，他好看海里来鱼群的地方，坐个横杆子上，看哪儿水不一样，就指哪儿，让船围哪儿，网撒哪儿。“鱼眼”还会叫你围领头的鱼，领头鱼进网了，收网，别的就全呼隆到网了。

那会儿“鱼眼”看水，看到鲸鱼群，我的妈呀，船都被鲸鱼包围了，“鱼眼”就说开网吧，开网吧。老船长的意见相反，他说开什么网，不开，这个网一开，整个网都能被鲸鱼破坏了。老船长一直说不能开，开了网就毁了，这鱼能把网和人连船一起拽进去。那个老船长很稳重，有主意，不听别人的。当时我在船上。船就让鲸鱼包围了，它们朝一个方向走，一起一凹，一起一凹，就这么个姿势。

这个鲸鱼群很大，应该是跟着黄花鱼过来的。人不开网鱼不怕，这样办，鲸鱼就不伤人、不上船。你开网就不行了，那些鱼一挣扎，船和船上的人就危险了。那些鱼，有大有小，小的能蹦起来，蹦得老高，加起来至少有一百来条吧，围得海里满满的。小的能蹿，大的蹿不起来，只能看见海面露出脊背，是黑色的。有白嘴圈的，白嘴圈的老一点。

再也见不着这样的鱼群了。

烟台有鱼骨庙，就是用鱼的骨头建的庙，当梁，当柱。在西边，海关附近，就有个鱼骨庙，是用鲸鱼骨头盖的房子。老辈子没听说这附近的海域有鲸鱼搁浅。盖鱼骨庙的鲸骨来自哪里，是一个谜。

探鱼器

出海打鱼，想高产，一靠天时，二靠人和，三靠信息。特别是，第一时间获得好的信息，做出判断和选择，这对船长是一个考验，对渔民自个儿也是。信息从哪儿来？以前是靠朋友，大家出海互帮互助，有了信息一起分享，一起琢磨，把信息分析得透透的，才能有更多的渔获。现在主要是依靠探鱼器。探鱼器像小电视机一样大小，能探到海底二三十米是否有鱼。如果有鱼，探鱼器上显示像烟火头大小的“点”，有时候是红色的，有时候是白色的。这红点，就是鱼密压压的聚集地，比如说有一千斤鱼的场。这个白点，就是不怎么有东西，十条八条的鱼吧。道理很简单，鱼多，密度大，“点”就发红。船拖网，是看着探鱼器的“点”来拖的，拖着拖着一看这个“点”没有了，这说明鱼群漏网了，网偏了，就得把船转过来，继续寻找这个“点”。有时候，个别伙计在船上睡着了，没有看到探鱼器中的“点”已经没有了，直接把网拖走，拖走了就是空网，一场空。

现在船上用的设备，除了探鱼器，还有卫星定位，都是高科技，挺先进的。有了卫星定位，大海上什么都看得见，我还能知道你在海里的具体位置。你领的那个船在哪儿，我领的这个船在哪儿，别看天南海北的，往设备上一扫，全知道了。这个设备是个电子小屏幕，高科技，可厉害了。它能显示一个个小船，上面写了船的编号，还有船主的名字，底下标注方位，比汽车导航的功能还多。

高科技厉害，可人不能瞎用。

那年我换了新探鱼器，摸不清里面的门道，一下子打了至少有十万斤鲫鱼，太重了，打不上来，眼见着网要破了，只好把大部分鱼放掉，最后拿上船来八千斤。那是2008年的事。出海打鱼，这里面有个“度”，得靠船长把握，渔民也得学些经验。人不能逞能贪心，经验告诉人不能拉多了，很多人从探鱼器看到红点开始拖网，太贪婪了，不舍得停下，一拖再拖，直到拖不动，鱼太多，把网挣烂了，结果一条鱼也没捞到。所以有经验的船老大，遇到了大的鱼群，他不急着撒网，他懂得量力而行，把鱼群放过了大部分，再撒网。如果撒得早了，网到的鱼太多，你拉不上来，还容易把网损坏了，人和船也有危险。出海就是这样，你有你的道，我有我的道，都为了生活。高科技帮人探到鱼群，但能拉回去多少得有个“度”，这是经验。

高科技高明，没有经验也不行啊。现在的年轻人出海全靠仪器，离了仪器就不知该怎么办。海上的情况那么复杂，光靠仪器怎么能行？还得有经验，渔民的好多经验都是用命换来的。

有鲸鱼的地方，一般都有鱼群，鲸鱼又叫赶鱼郎，是跟着鱼群走的。海上见了鲸鱼，把竹竿插进海里，把耳朵贴在竹竿上，有多少鱼碰这鱼竿，手上有感觉，心里也就有数了，这鲸鱼算个探鱼器，从竹竿的震动幅度，可以判断鱼群的大小。

以前渔民看天气靠经验，只要在海上见到海龟耍水，就会说夜里必有大风。可大风在哪儿刮，什么时候刮，不知道。一旦在海上遇了大风，没有退路，就只能自己想办法应对，晚上最难应付，没光，海道偏得又远，没有不怕的。天要来风，我能提前三四个小时预料到，也算是比人强的经验了，然后决定是继续打鱼还是提前躲避一下。现在的年轻人，只要一听说有风就停下，以前我知道要起风也要在外面打鱼，划着桨，成天成宿地摇船，别人都回去了我不回，正好可以趁机再拉几网，踩着大风降临的时间点划回去。

八十年代，同行一年打鱼能收获两万块钱，我每年可以赚到三万块，比别人多赚的这一万块钱，主要是依靠做“风”的文章，别人听风、遇风就撤了，我是再坚持一下，只有这样，日子才能勉强过下去，儿子结婚盖房子才有指望。海那么大，为什么同样出海打鱼，你的渔获就多，他的渔获就少？这里面的原因，不是三言两语就能说清的。下海，其实要的是手艺。

探鱼器这个高科技，人身上也有，就看使不使，学不学，探鱼器里头装的全是经验，要不，怎么和人想的一样呢？

海上“种地”

我干养殖的时候，是在 1967 年，那时还是吃大锅饭，主要是养海带、扇贝、贻贝，贻贝就是海虹。那时产量上不去，所有的海产品都是卖给水产，私人不能处理，算账是大队去跟水产公司算。我当养殖队的队长，只负责领着干活。咱村养殖大队有二百多人，整个芦洋海区三千来亩，我这个大队当时占了一千亩。现在养殖大队除了养海带、扇贝、贻贝，还养鱼。现在都承包到户了，什么事都归户管。以前都是大队说了算，让干什么干什么，听口令。那时不像现在，苗多，那时苗少，养东西得进苗，苗在青岛，上青岛去进苗都挺费事的，找不着车，得跟部队联系车。现在去青岛，就跟串个门一样，管什么种都能弄来，哪样高产就养哪样。海带苗是专门培育的，在陆地培育，在海边把管子下到海里，把水弄上陆地，弄进大棚里，滋着长。海参育苗，扇贝育苗，都在大棚里。你看那个湾，海参到处都是，过去不养，都是野生的，潜水员下海去捞。现在海参都弄大池子养活，到时候捡上来就得了，产量多高啊。

海上这些房子，都是育苗的。从这一直转到山的后面，都是育苗场，育海参的，育扇贝的。以前，这里都是荒山，现在都盖上房子了。

那时候的养殖，跟现在的养殖，还是不一样的。种过地瓜的人都知道，头茬地瓜芽的产量最高。海带苗也是一样。头茬苗好，好比说一亩地能产三千斤吧，末期苗、晚期苗，连五百斤也产不上。那时苗缺，育苗场少，烟台和青岛各有一个育苗场。去分苗的时候都争啊，分不到苗，地就只好闲着了。现在，苗有的是，干养殖的都发财了。

养殖技术上也有差别。以前养扇贝，不愿意跟海带挂在一起。现在干养殖，扇贝和海带都是挂在一起的。海带和海带的间隙，挂上扇贝笼子，相当于“套种”，这样产量高，海带长得大，扇贝长得快。以前养海带，就跟种地需要施肥一样，你不施肥，它就不长，大家都是把化肥泡一泡，往海里泼。现在不用那样施肥了，科学养殖，循环利用。当年不懂这些，谁也不知道这些。

现在看海上，浮子一片一片的，上面还有小房子，人住在里面，看护养殖，防偷。以前干养殖可没这条件。那会儿也有人去偷，大队留几个值班的，在那里住一宿，来回出去看着，防止被偷。一般是开着小船，转着圈看看。有偷的，他也不敢大偷，抓着得判刑啊，那时候管得很严。

养殖场离陆地有一段距离，得坐船才能上去。海区都布置满了，再布置没有地方了。再发展，船都出不去，把船堵在家里，那能行吗？海里这些架子，这些木头，这些地，都是我们布置的，是我们过去的老底子。他们只是改养殖的品种和密度，这些地方没改。

海带和扇贝搭在一起养，这个真的好，我靠这个，也想通一些事。这些东西在一起，互相帮衬着，就和人一样，他有的，我没有；我有的，他没有；他给我点，我给他点，咱就都有了。

当年的承包户，都发财了。挣多少钱，咱没有数，咱也不去打听，只知道人家发财了。他们都盖了房子，买了大货车，我还在海里摇橹。

现在收海带，都是机器往上拽，不费劲，效率也高。以前都是靠人工，学校的孩子们也去帮忙拖海带，遭那个罪，看了心里不是滋味。也有人去农业队借一头牛，弄个套，拦些绳子，往沿上拖海带。海带绳子一般有六尺来长，最长的有一丈，上面挂的海带很沉很沉，连续拖一天，牛也给累得不耐烦了。

大浪

我八十五岁了，耳朵背，听不见，想起什么就说什么吧。现在不是拉海螺的时候，等下半年没有巴蛸了，再开始拉海螺。海螺上网率还行，海螺头鲜，尾根老香了，蘸蒜根吃更香。

过去出海，没有机械化船，全部是风船。我出海那阵，干下线。下线就是拦上些钩子，在深水处捕些中下档的鱼，过去的鱼多，现在不行。流网就是有钱的人用，我这个村有三四家有流网的，其余的都干我这样的下线，下线成本低，弄个小船，弄几个钩，花几个钱，有时也不用花钱，自己弄麻，搓出绳，用猪血边抹边搓，再搓一搓，就成了那个钩花线，用这个干下线。

解放以后入合作化，开始机械化，都使好船了，从二十马力到六十马力，再到一百八十马力。现在还有四百马力的，这样的船，一般都是私人的。渔业公司现在还保留着一对大马力的，一般的渔业公司都没有这种船了。

芦洋村的船，钢壳有八对。不对，是十对，都是二百马力以上的。木壳船也有十对。比起初旺村来说少多了，初旺村钢壳船有百十条。我是自己买的船，现在资源没有了，上半年干这两天，也没大玩意儿，说不好听的话，也没法干。放网的多，我这个拉网的对拖也没法干，要是有过去那些鱼那些虾多好，也能收成些。现在是工具好了，货却少了。

咱现在也没法去远地方，去不了，船不跟趟，大把年纪了，咱没法干。国家有休渔期，烟台、威海休渔期封海挺好的，辽宁不行，禁渔期还有偷着捕的，这个力度到老不行，资源越来越少，海里都没苗了。海上资源污染是一方面，再一方面就是破坏地势资源。实讲，拉对拖的船，不破坏资源，还有好处，往底下一拖，底下的附着物、脏东西都拖起来了，一拖起来，有一种鱼就吃。现在一封闭，没有拖网拖脏东西，鱼也不来了。渤海湾过去是个宝地，鱼虾多了去，资源坏了，海就穷了。

以前出海，多晚都往家赶，拉的鱼，有的自己留，有的交大队。合作化以后，卖不上价钱的鱼没人要，还得去卖。后来成立水产公司，不管打什么鱼，一起交给水产，省事不少。

那时候不怕打不到鱼，怕船、人回不来，出海是个不安全的事，没有收音机也没有高科技，都指着看天，看有没有风雨。出海的人，有好样的，就会弄个小木头镜，那就是指南针，出海都靠着这个。解放以后，“老龙头”修了个灯塔，小船看见灯就知道到哪了。灯塔以前很管用，现在管用也不用了，都用定位仪。八角村有个灯塔，应该是早就不亮了。初旺“老龙头”那个灯塔是重新修的，蓬莱阁也有灯楼，那是正儿八经的。

我这个耳朵聋，是渔灯节时，让放鞭炮的震聋了。具体是哪一年呢，我想不起来了，那阵放鞭炮多呀，好几回船上都着火了，太不安全了。那时不管什么节，就爱听个响，祭庙祭海过大节，得备着，鞭炮自已买一些，亲戚朋友每年也送一些，多了去。现在少了，听不见声了，都不让放鞭炮。我跟那些送的人说了，不让再拿鞭炮来，不让放咱去弄那个干啥。什么都改，改了有好处，就是好事。

现在改革了，从 2015 年到 2019 年，说是有油补，按照 2014 年那个基数，国家财政留百分之二十，用于转型和杀船，再一个是转产补助，具体多少现在没有数。这五年，慢慢杀船，我估计要杀这个钢壳，钢壳太老旧了。现在都讲杀船的话，怎么也得干几年。我也不愿杀船啊，船跟了咱一辈子。

当初开小船，风险大啊，死人太多了，这个村能死上好几个了。一是累死的，一是安全不行，主要是安全不行。芦洋村有个人，就死在雾天。雾气天看不见，船大约跑到开发区，人挺不住了，上滩就完了。人在水里，也没有救生衣，船也扎水里了，他们说，是累的，也害怕，看不见啊，这力气就更没了。要咱说还是没技术，扎底子不行。好样的人，在雾气天直接到港了，技术不好的就直接上滩了，踢蹬不少人啊。古语说“能上山不下海，有路不登舟。能上南山当驴，不上北海打鱼”。过去都穷，靠山吃山靠海吃海，出海就是靠经验，没经验，就吃不了海，倒让海吃了。

我也遇过危险，差一点没了人。那回去渤海湾，那时还没有定位仪。渤海湾有几个港，特能倒腾风，这些地方风越大，它那里边越没有浪。没有港的地场，也就是港外，水浅浪就大，水深的地方浪就小，就这回事。我的船跑到了浅场，浪呼呼的，比船高，比我高，太危险了！那是二十马力的机械船，船上一共五个人。我说都把住了，有什么就揪住。飘忽忽的，天也歪了，海也歪了，我拼命地开，找港避，都不知道怎么过去的。赶第二天天好了，从港出来后，外面好几个船，底盘朝上。如果是技术不高，咱不是自己夸啊，多少一麻痹，那个舵一歪歪，就坏了。我们大伙一下子都磕头了，拾了条命，危险啊，太危险。

当时在船上，还都说捧着八个瓢去要饭，也不出海。唉，到老还得干。那时出海，脑袋别在裤腰带上，危险太大了。现在，一个是家伙什厉害，第二个是仪器先进，现在天气预报相当准。过去，小船还得跑远场进湾捕鱼，小船进湾遭老罪了，没有卫导，也没啥可看的，连定位仪也没有。搁后来上个好木船，才买个定位仪。真碰到需要定大方位，那个小木头镜不准确，雾气天什么也看不见。往后，船都挺好，上坞也都在正儿八经弄。不比过去，船漏水，糊弄糊弄也就算了，一样干；现在这些船，上坞可仔细了，一点毛病不让出，安全第一，都不差那俩钱，弄得板板正正的。

网外

住到楼上了，我也没啥事，领钱养老，日子一天天地过。过去成天不想出海，真该着不出海了，心里也不知哪儿不得劲。老做梦，梦到那些鱼呀，虾呀，巴蛸呀，海带呀，贝呀。想这些干啥呢？我到老不知道。

看我的大鱼缸，里面养的鱼，养的虾。这虾小，身子还轻，专吃鱼吃剩的残渣，成天忙得很。鱼也忙，忙着游，说是观赏鱼。鱼缸是我特意置办的，挺贵的。我整天瞅着这鱼缸，越瞅越像我以前的那个老帆船。

以前出海，船板上老些鱼虾，鲅鱼、刀鱼、梭子蟹、巴蛸、对虾。对虾分公母，母的多，肉厚。公虾不行，长短粗细都不行。这些鱼虾，够卖，也够吃。再累也不寻思着累，就等着摇船回家，喝点酒吃点鲜货。那时候，海富得很，鱼来产子，虾来交尾，立夏那阵最热闹，满海全是消息。虾爱往浅海配，虾卵长成虾苗，虾苗长成虾，也就几个月的时间，到冬天长成的就游走了，快立夏再回来配。这海能不富吗？虾是好抓的，它在浅水，用手也能摸到。它好弹着跑，有些笨，一弹就弹到手里了。多半是用网拉，不该拉的时候，我不拉，国家有要求，休渔期啥的。啥时该干啥，我听，我信。

现在这缸里的鱼，听我的，我对它们没要求，就是好好游着。国家开始有要求的时候，不就是让鱼虾该游的时候好好游着吗？可到底海还是穷了，因为船先进了，人脑子就更活络了。船的马力大，干起活来多带劲儿，机械一带劲儿，人手就显得足，净搁这海里捕，没日没夜地捕，眼见着小不丢的也不放过。你学我，我学你，你攀我，我攀你，你争我赶，那海里的该活下来的，都没活，我是指那些鱼虾苗子，糟蹋了。顾不得心疼，都得争上游过日子，就点数着谁的鱼多，我的不得劲就从那时开始了。

出海大半辈子，总觉得对海有亏欠，欠什么，我说不上来。我见不得不该打的鱼，被撒向船板上活蹦乱跳的样子。鲅鱼银灰银灰的，稍弯着身子，在船板上的那点水里，磨它的皮，看着就难受。我不打这时的鱼，我好看，看它们还是小鱼时游来游去。鱼也长的心思呀，海也长的心思呀，要是不长心思，能让人出海时打些东西回去吗？给准备多少，就拿多少。不能拿的，别拿，到时候海不给了，鱼不给了，哪儿办去？海不给就是海里空了，鱼不给就是鱼消失了。谁不怕，就像一个人有事没事，成天跟另一个人要钱，另一个人也得躲着呀。

那些时候，他们捕，我不捕。有个伙计把一条大黄鱼扔到我船板上，那鱼挺大个儿，口都张圆了，口里有一只虾，虾须前面糊满了泥，这一收网，没冲开它们。我蹲在船板上，试着扯开它们，扯不开。那一刻，我的脑子里不知道想了些什么。我把大黄鱼扔浅水里了。它没能跑掉，很快就被另一个伙计用家什网走了。谁知那虾，又蹦到我的船板上。它的头上有一道红，是只母虾，它应该就出生在这浅海里，估计有两个月大小了。我一个出海的人，竟在想这些，奇不奇怪？我老伴说我心善，就该穷，不杀生就得穷一辈子。我说不是穷，是靠海吃海；也不是杀生，是生物链循环。那只虾，从鱼的嘴里挣脱出来，又蹦到了我的船上。我没法解释这个事。

那条大黄鱼，我能想到它被扯了内脏、满肚子鱼子的样子。吃一条正在产卵的鱼，我是下不了口的。正在产卵的鱼，不要捕，鱼也有命啊。人吃的是鱼，不是卵。想起一个事，我老伴杀鸡，她把一只刚吃过米的鸡杀掉了，米粒被甩到了院子里。我当时就说，这鸡，得让它先把食消尽了再杀。它们也有命，它们也有它们的生活，我们看不懂而已。我说得有些多了，我没念几年书，但这些道理我懂。

我养这缸鱼虾，就想让它们快活地游，都说大鱼吃小鱼，小鱼吃虾，虾吃泥沙，人吃大鱼。在我这里，鱼不吃虾，虾吃鱼的食物残渣，我也不吃这里的鱼。出海打了一辈子鱼，老了，我就想做这事。

现在海穷了。产子的鱼不放过，小鱼小虾也不放过。过去这渤海湾里啥都有，几千年积攒下来的，就几十年的工夫，把几千年的东西掏干净了，连老本钱都用尽了，再拿什么去生钱？

我是住了楼房，老身子骨也享福了，可心里不得劲。这场儿有个渔灯节，不管怎么样，我得回村，倒不是看那些个节目，老伴爱看扭秧歌。我就是回去看看，不回去，就感觉人活着没根。我的根在海上，跟船有关，跟网有关。以前出海实在是太苦了。死的那些人就死了，活着的就不住地说海上那些事，十年八年说不完，一辈子也说不完。别看说着苦呀累呀，有的伙计还想着再回去，那时有力气，也有想法，人在海上，再大的风和浪，再多的困难，心里都拧着一股劲。现在老了，走路都走不动了。我有个老伙计，渔灯节这天，在自己的楼上摆饽饽，放灯，磕头，把出海的相片也摆出来，凡能摆的，都摆，他也在过节啊。

我在村里过完了渔灯节，回楼上也过。我对着鱼缸说话，说我成天喂它们，让它们放心地游，今天过渔灯节……

有些观赏鱼不下卵，有些下。我这些不下，不下也得让它游，它们游得起劲，我就得劲。我寻思着，以后再占地分房，我要个一楼，要是有个院子就好了，我理个水泥大池子养鱼，地方大了，想怎么游就怎么游，买些下卵的，让它生。我孙女说，有些观赏鱼是培育出来的，这是科学。科学就科学，科学让鱼自由自在地游，就是好科学。

说真的，当年那些老伙计，也有后悔的。看看现在这个海，比起当初，穷得叮当响，经常做梦。梦些出海的事，要么是出海回来找不到家，要么是一网拉了太多鱼，船、人翻进鱼群里。他们那阵拉鱼红了眼，加上有探鱼器，到了哪里都是扫荡一空。后来干养殖，只要能卖钱，什么办法都用上了，一点都不手软。到老了，心脏搭桥的，半身不遂的，白内障的，各种毛病都找来了。我老伴说是出海累的，老伙计们说是海来讨债来算账了。我快八十岁了，什么病没有，就是思想病，心里总是不得劲，今儿跟你说说，还好些。

我老伴说是出海累的，有一半对，有一半不对，出海是累，可也没让你那样累啊。当年“大战渤海湾”口号喊得震天响。我跟着我爹出海拉虾，一对木壳船，一个秋天拉了十五万斤对虾。我爹戴上了大红花，还在县里的大会上念了稿子，那是七十年代的事了。渤海湾里的大青虾，那可是远近出名啊，才几年的光景，就被捞光了。打虾的网很长，船在中间，这网一面一个，收网时不能一下上来，要一骨节一骨节往上提。虾堆在船板上，像小草垛一样。那时村里不出海的人，都在忙着结网。现在都是机器织网，不用人工了，村里那些结网的，也就是缝缝补补、结结网片什么的。我记得晒虾跟农民串辣椒差不多，把这个虾头插在那个虾尾里，那个虾头插在这个虾尾里，然后串起来。晒干了，就挂到墙上的铁丝上晾着。现在很少这么串虾了。那虾用铁丝串，也不知道当年哪来那些铁丝，现在想找个铁丝还真不容易。

其实我们这一辈子，就像那些虾，被“铁丝”串起来了。嘿，我这一说，我老伴又要骂我了。我老伴是实诚人，她说不出海打这些东西，吃什么？喝西北风吗？我年轻时听我老伴的，后来不听了，人得知足，得讲究，心里得有个“度”。海是不可战的，也是战不胜的。大海打个呵欠，伸个懒腰，就能把人和船毁掉。如果有一天大海翻脸了，什么这个村那个城的，再多的人，也扛不住。

好了，我得看我的鱼虾了，喂食，一天至少一次。

破冰

一

那个剧确实是我编的，那个台子也是我建的，都过去这么多年了，我脑子里还在琢磨这个事：演这个剧，得有冰，得有太阳，还得有海和山。要想做出冰的颜色，那就得是透明色。福山剧团也过来帮忙，我们一起，我的主意。我先在台前面弄纸板引个架，挂上假山，旁边弄个透明纸，当冰块子，蓝色纸当大蓝天，后面我单独弄个塑料纸，染上红色，就是太阳了。太阳升起来，这景就都有了。那会儿还没有长时间供电的高科技，就搬来船上用的那个电瓶，给太阳供电。剧台就亮了。

你问我的年龄啊？今年七十五岁了，出了一辈子海，在海上搞过养殖。我最骄傲的就是编了那个剧本《碧海丹心》。

那个剧是怎么编的，那个事是怎么来的？这都多少年了，那会儿就是自然灾害，渤海湾都冻了，冻冰刚开始融化，西北风就把冰块吹到了这边。那个冰，不光是渤海湾的冰，还有黄河口的冰，咱这边的冰都满了，那些养殖架子一起都被冰压了，海带全被冰压住了。完全是冰块，压了不止一公里。

村里很多船下沿了，村支书领着拖船前去营救。下沿，就是北风一上，船被刮在边上。冰把缆绳都割断了，把船都刮跑了。村里大约有二十多条船都被刮到沿上去了，也就是古现旱夹河那个海域附近，离咱村大约有十里地吧。咱的老支书带着大家去找这个船，找着船再把船拖回来。村支书出名就是从那会儿，福山都知道了。破冰时，他们用机器船往家拖船。咱村当时已经有机器船了。那时冰都化得差不多了，那个船是大冰化了以后才去拖的，隔了有十来天吧。在这之前，海里全是冰。海带被冰压下去了，船都上南沿了，你不去破冰把船拖回家，还能放在那里？南边就怕北风，一刮大风，船上了南滩，全都废掉了。风大浪大，那些船都是小木船，非碎不可。钢船也不行，也能让风砸到沿上。

出海的，有龙王庙；种地的，有土地庙。每年春天，鱼上渤海湾来产卵，水温很好。《碧海丹心》这个剧，主要内容是村支书带领村民下沿抢险，破冰救船。宣传队演这个剧，也是在这个季节，记者下来采访报道了。是福山文化馆排的剧。咱村自己做不了这事。

二

那是 1967 年冬天，八角湾冻了，冰块把船都夹住了。风太大，冰块把缆绳割断了，村里的船被风刮去了南滩，下了沿。如果不及时把船拖出来，船就要被风浪打碎了。

我和村支书摇着小船下去，用缆绳拖船。那时很穷，船就是村里最大的财产，所以剧里说我们救船，是在抢救集体财产，总共救了六十条船。村里的船都上了沿，都在开发区栈桥那附近。这个破冰救船的事，被编成了吕剧，在村里演过，剧中的主人公就是当时的村书记和我，用的是真名。当时的感觉，说实在的，跟死人一样，没觉得自己是什么英雄人物，真是捡了条命。我下去弄缆绳拴到船上，再把船往海里边拖，一下子掉水里了。剧里也演了这个情节。咱村那些老头看了这情节，都哭了。我那年还不到二十岁。当时演这个剧，熟悉的伙计们都赞成，具体细节他们都知道。隔了这些年，他们好多人的记忆出了偏差，说那个剧的内容是破冰救海带。海带都冻住了。船也冻住了。是破冰救船，不是破冰救海带。

我跟你说，人有善念，老天爷也会保佑你。我那年出海到乳山，一网下去打了三十多万斤鲐鱼。是拿网围的，围上加个圈，底下把口扎死，围上鱼，鱼在中间，收口，不带跑的。那时是两家两条船弄个网围的，我们装满了船，把剩下的鱼都放了。

有一年四五月份，冷不丁下雪了，又刮起了大风。当时正是打爬虾的时候，我父亲和叔叔在海上，没赶回来。后来听叔叔说，那个浪比房子还高，他俩都在身上绑了石头，就等着死了。绑石头，尸体能找着，他是这样想的。那时没有电话，也不能报平安。那一宿，我都跪在院子里磕头。第二天早上，天亮了，浪也小了，我们在海边找到了自家的船，见到了父亲和叔叔，我们都哭了。

三

那个剧已经过去这么多年了，你是我遇到的第一个打听这事的人。

那是一九六几年吧，摊上一场大冰海，天特别冷，海带架子被冰夹着，一起随着海流流走了。我那时在村里是支部委员，老支书亲自带着渔民出去破冰，把那个冰都砸碎了，救出海带。这个事，还编了一个剧，叫《碧海丹心》，主人公原型就是我们的老支书，是福山三中的学生编写的英雄事迹，在咱村演过。情节就是这一年，这个渔业大队遭了坏天气，把养殖物都冻成冰，被潮水卷走了，大家去抢救这些物资。

以前咱村唱大戏，不用请外村的，村里自己有剧团，叫刘家剧团，当时可出名了。刘家剧团到别的村演剧，那时没有电，咱自己带发电机，自己带电工去装灯，咱村有个人现场画布景，可牛啦！演过的戏有《江姐》，有《五把钥匙》，有《智取威虎山》，还有《沙家浜》。有好多的老戏。现在剧团没有了。现在村里不唱大戏，都去跳广场舞了。

当时老支书领着一起去的，还有一个人，跟着他在一个小船上。后来这个小船翻了，四周还有些船，被冰夹着走了老远。后来村里的人追上来，一起动手，并不是只有他俩人破冰救船的。当时咱村是一个了不得的村。老支书很厉害，村里有经济实力，更主要的是村风好，村民团结。因为我们的行业比较多，远洋为主，有滩涂养殖，还有船厂、冷藏厂，等等。村里有什么事，大家一拥而上。村里拔麦子的，割海带的，都互帮互助。男劳力都出海，村里地少，一共五六百亩地，都交给妇女耕种。咱村是烟台第一家吃渔民粮的，以前都没有。九十年代，年轻人找对象，都愿意嫁到咱村来。

咱村是开发区第一批拆迁村，住上楼房转眼快二十年了。站在窗口看大海，好几次想起了当年老支书带领我们破冰的事。

附记：

一个颇有影响的民间事件，在半个世纪之后，由三位当事人回忆和讲述，却呈现出了三个不同的故事，甚至故事的时间、地点、人物这些关键元素，也各不相同，存有明显的矛盾和冲突。三位当事人的讲述都是真诚的，而后来者所需要做的，就是如何在他们的认知和讲述的差异中，辨析历史的真相。

第八章

海边“异人”

高远 / 摄影

月亮与潮汐

是什么力量推动了潮汐的形成，古人有各种猜测，比如神龙变化说、阴阳互动说、元气呼吸说、日动力说，等等。第一个把月亮与潮汐关联到一起，提出潮汐月动力说的，是汉代王充。持有这种观点的人越来越多，在山东先民中，最有代表性的是宋代燕肃、金代丘处机、明代毕拱辰。他们凝视现实，也仰望天空，发现了月亮与大海之间的关联。

潮汐是由于月球和太阳的引力而产生的水位定时涨落的现象，随着月球、太阳和地球三者相对位置的变化，就出现了潮汐运动。月球距离地球最近，对地球的引潮力也就最大。这种科学认知，在今天已是常识，在古代却是很难的一件事。

最能与月动力说相抗衡的，是太阳潮汐说。金朝栖霞人丘处机，曾经驳过太阳潮汐说。他的理论底气源于曾在海边长期居住，得以充分向那些常年与海打交道的老渔民请教，他所获得的，是来自日常的生活经验。老渔民没有文化，他们把全部的心思用在生活上，向海讨生活，以自己的方式积累了那些经验。他们对经验的总结并不高深，甚至有些简单，只是为了自己用，并没有想到这些经验要提供给其他外人。那是一些经过海上实践检验的规律，它们同样可以经得住时间的检验。

明朝掖县学子毕拱辰在他的著作《潮汐辩》中，主张把月球的引潮力当作潮汐成因的根本动力，他甚至已经注意到了引潮力可以分为水平和垂直两个分力。现代科学认为其中对海水运动起作用的是水平引潮力，他的见解接近了这种理论，是非常不易的。在后人对毕拱辰的介绍中，说他当过一个小县令。这种讲述本身，就包含了一种态度在里面。拉开一段时间看，当年的所谓官职和名望实在微不足道。毕拱辰走在了时代的前面，他的眼光和作为已经超越了时代。他观察潮汐，下最笨的功夫，每天都会走到大海的面前，而不是沉浸在故纸堆里。他身上的所谓官职，并没有干扰到他对潮汐的关注。仅此一举，他就超越了同时代的大多数同行，在历史上留了下来。

观察潮汐的变化，从中看到潮汐涨落规律，进行潮汐推算，在这方面取得突破的是北宋燕肃。他是青州人，在海边朝夕观望潮汐，坚持了十多年。他推算潮汐的精确程度，在当时的世界范围内处于绝对领先地位，以至于英国科学家用现代天文学预测、比较了燕肃的计算结果后，惊叹怎么会精密到如此程度。

潮汐是大海的巨大徘徊。在蓬莱仙境的幻觉中，在海神崇拜的寄托中，有人关注到了海洋的形态，以及海的变化规律。他们从恐惧中、从想象中、从感慨中走出来，探求对于大海的科学解释。他们在无从把握中，努力去把握他们认为应该把握的东西；

他们在对事物的探寻和把握中，建构某种关联，从中越来越认识了自己。

曾听一个老渔民说起海与糖的故事。他说到了海蜇，学名水母，离开海水很快就会化成水。过去没有冷藏设施，海蜇很多，但被食用的很少，大多是在海边化掉了。远离海边的人，更是很少有机会享用海蜇。老船长回忆，他常与小伙伴们在海边捡一块鲜海蜇，用棍子抬到村里，有感兴趣的，给钱就卖，多点不嫌多，少点也不嫌少，只要给钱就好。他们用卖海蜇的钱，去买糖吃。大海里什么都有，就是没有糖，没有他们所向往的甜味。海水是咸的，他们多希望海水是甜的啊。可是没有。他们用自己的劳动，创造了海与糖之间的关联。

《资治通鉴》记载了一种叫作“荚”的植物，每月前十五天叶子张开，后十五天闭合，这几乎成为这种植物的“铁律”，不被外部环境所左右。史籍浩繁，司马光记录这个“细节”是有深意的。我想他是尊重这样一种自律的生命。在人类的历史长河中，那么多的历史事件和人物，这个细节能在史书中占有一席之地，不是出于作者的一己兴趣，而是因为它有所寄寓。这种贯彻一生的自律，是有一种超越日常的力量的。

巨大且永不疲倦的潮汐，主要来自月亮的牵引，这是多么神奇的事。朦胧的月亮，遥远的月亮，居然与大海的风浪有关。它以温和的方式，导演这一切。

所有的光，再温和，再柔弱，都是可以照亮一些东西的。甚至，它们的价值和意义，堪比太阳从海平面升起的那一瞬。

月光如水。这月光，洞悉了夜晚所有的秘密。

那些仰望天空、关注潮汐的人，他们是人类的蹚路者。或许，他们并没有走出太远，只是向前迈动了一步，甚至半步。借着这半步，人类的路，历史的路，继续走下去，走得越来越开阔。

书带草

据说郑玄当年在不其城东山，也就是今天的青岛崂山北麓铁骑山讲学，山上长有一种似薤的长叶草，又名沿阶草、细叶麦冬，因为这种草狭长柔韧，郑玄师徒把它编拧成绳，用来捆束简书，当地人称之为“书带草”。郑玄，字康成，这种草也被称为“康成书带”。

很简单的一个日常细节，让野草与书有了这样的关联，并且创造了“书带草”这个富有诗意的名字。李白写过“书带留青草，琴堂幂素尘”的诗句，苏轼则有“庭下已生书带草，使君疑是郑康成”的感慨。

郑玄生活在东汉末年，是一代大儒。相传郑玄家里的奴婢都读书，奴婢之间问答都是用《诗经》中的句子，很有学问和教养。郑玄本人很有传奇色彩，学问大，酒量也大，曾创下了与人对饮三百杯的纪录。李白《将进酒》中的“烹牛宰羊且为乐，会须一饮三百杯”，引用的就是这一典故。郑玄年幼时跟随母亲去祖父母家，在座的客人衣着华美，夸夸其谈。郑玄坐在那里，像个呆头鹅一般。其母见状，偷偷劝他表现一点才艺，郑玄不同意，说这些东西“非我所志，不在所愿也”。他不屑于此举，心里有更大的志向。当时的郑玄喜欢钻研算术，幼小得法。爱阅读，常寻书而读，面溪相诵，能完整地讲述《诗》《书》《易》《礼记》《春秋》，且有自己的看法。再加上他写得一手好文章，在乡村已迥异于他人。到了十八岁那年，郑玄迫于生计，做了“乡啬夫”，就是乡里管理诉讼或赋税的小吏。他不喜欢这份差事，心思还是在读书上，利用一切时间苦研经学，他的父亲对此很不理解。当时的名士杜密到高密巡视时见到郑玄，认为他是奇才，直接调他到北海郡做事，以吏俸资助他求学，送他到太学里受业深造。因为杜密慧眼识珠，一个“乡啬夫”的命运从此被改变，最后成为名闻千古的“经学大师”。

学而优则仕，这是士人普遍的价值追求，他们把“学”当作措施，真正的目的在于“仕”。郑玄不是这样的，他更看重经学本身，把经学作为目标，现实中的一切都服务和服从于这个目标。除了接受杜密提携做了一个小官，他后来一直拒绝入仕，前后十几次拒绝朝廷征召为官，潜心向学。有时候不得不入朝，他也把名士节操放在首位，拒不穿朝服，只穿普通儒者的便服，未等授予官职就逃走了。建安三年，献帝征郑玄为大司农，这是位列九卿的高官。郑玄在家拜受后，便乘车上路，途中又借口有病，请求告老还乡。他的一生、他的治学之路，伴随了对做官的持续拒绝。他知道自己要做什么，经学在他这里不仅仅是一种热爱，更是一种使命。事实上，他在治学上所取得的造诣，还有他在历史上的地位，岂是那些官员们所能比较的？在治学和为官的抗衡中，他的思想是自主的，他的肉身一直受制于外部因素。公元 200 年，袁绍与曹操决战于官渡，袁绍为壮声势，逼迫七十四岁的郑玄随军，他只好抱病而行，最后病死途中。临终时，他还在注释《周易》。袁绍曾经说过，他希望自己的坟墓能与郑玄为邻。这份敬重，也许是他在最重要的时刻让郑玄随军的内在原因吧。

郑玄一直拒绝做官，最后却有了“大司农”这一官衔。他晚年守节不仕，却被逼迫随军，最终死在路上。在他身上，治学与为官的矛盾冲突一直是存在的。他在为官上拒绝别人，在求学上却被别人拒绝。比如，郑玄拜马融为师，却三年没能见到师父的面。马融是当时最著名的经学大师，门徒众多，他授课是有条件的，一般是由他的高徒出面转授。郑玄三年未与马融谋面，只能在离马融很近的地方苦读经法。某日，马融与众高徒“考论图纬”，涉及一些天文历算问题，大家束手无策，郑玄很快就算出来了，马融从此对他刮目相看。七年之后，郑玄告别马融，回归故里。马融感慨道:“郑生今去，吾道东矣！”意思是说，由他承传的儒家学术思想，一定会由郑玄在关东发扬光大。

有野史说，马融因郑玄辞行时学问在他之上，起了杀心，就想找机会暗害他。郑玄感受到杀机，途经桥下，将脱去的鞋子放在水面上。马融用了数学的推理，赶往这条水路，见鞋子浮于水面，便断定郑玄已死。这故事，大抵是不属实的，坊间之所以津津乐道，想要表达的是，郑玄已把所学化成自己的东西，比师父更精通天文与算术，学问在马融之上。他们二人，一个有杀意，一个有预见，同时运用算法，胜出的是郑玄，得了一命。郑玄是有大学问的人，他所看到的，比普通人所看到的更多，也更具穿透力，他的思考真正关系着一个国家的国运，关系着止争和止纷。

郑玄在拒绝与被拒绝中，成就自己。从马融那里学成回乡后，郑玄已经四十多岁了，很多人拜他为师，听他讲学。《后汉书·郑玄传》载："家贫，客耕东莱，学徒相随已数百千人。"所谓客耕，就是寄居在他乡租种田地过生活；东莱，就是东莱郡地，相当于今天胶东半岛一带，至于具体位置，正史没有说明。

因为当年曾受到杜密的赏识与提携，郑玄在后来的"党锢之祸"中受到牵连，从四十五岁被禁锢，到了五十八岁才蒙赦令，前后长达十四年。被禁锢的这十四年，郑玄隐修经业，杜门不出，潜心注释与著书。

秦始皇焚书坑儒之后，很多经书失传。汉初，儒家经典大多没有先秦旧本，于是由记忆好的儒生口传，并用当时流行的隶书记录下来，谓之"今文经"。后来，人们搜寻到民间私藏的部分先秦经籍，称之为"古文经"。今、古文经不但内容有所不同，双方在价值取向和文字解释方面也有很大差异，相互指责和攻击，导致思想混乱，谬误百出，后学者不知所从。

乱世出英雄。在文化的乱世，一代大儒郑玄出现了。

郑玄是沟通今、古文经的第一人。面对今古两派的纷争，郑玄打破学派樊篱，兼采今、古文之说，取优汰劣，使经学进入了一个"统一时代"，世称"郑学"。郑玄被后世尊为训诂学家、文学家、政治学家、历史学家、思想家、教育家、天文学家、术数学家等。民间演化出了很多传说，郑玄的形象也越发高大和鲜活起来。相传郑玄曾在外出返回高密的路上遇到大批黄巾军，他们跪倒在旷野里，对郑玄一拜再拜，并保证不到高密境内攻城略地，足见郑玄的影响力。一个人的学问，让目不识丁的起义农民如此敬重，这不仅仅是因为学问，更因为支撑这个学问的“德”。如果脱离了德，再大的学问，也不会让人如此敬重。

日本香川大学间嶋润一教授是著名的汉学家，他的著作《郑玄与周礼》印出之后，间嶋润一已是重病缠身，他叮嘱家人把这本书送到中国高密，在郑玄祠前供奉之后才可以正式发行。间嶋润一去世之后，他的家人携带《郑玄与周礼》漂洋过海，几经辗转，来到位于高密西乡偏僻之处的郑公祠，把《郑玄与周礼》恭恭敬敬地摆在了供桌上，了却了著者的一大遗愿。

想要了解中国古代文化，“郑玄注”是绕不开的。郑玄几乎校注了此前儒家全部重要经典，这是一个巨大的工程，他把全部的生命能量倾注其中。在《诫子书》中，他谈到了自己终生念念不忘的是，记述先代圣贤的思想，整理、注释诸子百家的典籍，渴望在做学问上施展才华，所以面对朝廷的一再征召，他始终没有出去做官。

他为求学敢于放下一切，也敢于举起一切；他在求学路上送走编注好的各类经书，在人生路上也一次次把自己送出去，送到了更遥远的地方。

林培玠和《废铎呓》

清代文登人林培玠在笔记小说《废铎呓》中，谈到荣成的“西小海”出产迸鱼，当地人根据这里的鱼类生长情况“验县令之优劣”，每逢清正廉洁的县令到任，西小海就会生出肥美的海鲫鱼；倘若来了不称职的贪官，海鲫鱼就会变成迸鱼。

在民间传说中，迸鱼自以为长相似龙，扬言只要每年长一丈，三年就能超过龙王。龙王听说这事后，就下了命令，让迸鱼当年生，当年死，寿命不过一年，永远失去超过老龙王的机会。现实中迸鱼比较特殊，每年清明时节产卵，孵化后生长迅速，但只能当年生，当年死。这种鱼最爱抢食，很容易上钩。钓迸鱼，不需要所谓垂钓技巧，只需用最简单的渔竿和渔钩，甚至不必放饵料，甩钩入水，很快就会有迸鱼上钩，速度之快，超过了钓者的预想。把贪官比作迸鱼，大约与迸鱼的这些特点有关，喻指贪官容易上钩，且寿命不会长久。

在胶东历史上，林培玠并不著名，他只是一个小官，运气差，不得志，三十七岁考上副举人，回乡候任，一直等到七十岁，才被任命为阳谷县教谕。上任八个月，就被罢官去职。他开始潜心著述，最终完成了《废铎呓》。

林培玠一生的经历，可谓庸常，荒诞，颇具戏剧性。他幼时记忆超群，写得一手好文章，一心想博取功名，坚持寒窗苦读，参加每三年一度的乡试，但屡屡落榜。三十七岁那年，他换了赛道，改赴顺天府乡试，考中顺天副贡，也就是副举人。在清朝，获得这个身份，意味着有了出仕的资格，可以回乡虚职候任。拼搏这么多年，经过了各种折腾，终于结出这么一个果实，虽说有些尴尬，终究也算是对自己有个交代。有一种观点认为，名义上他是回乡候任，实质上他的心中已有退隐之意，即所谓“尚未出仕，心已归隐”，似乎不无道理，毕竟多年专注科考，家事农事荒废，难免心力交瘁。于是，他在家乡办起了私塾，做起了教书先生，从此成为一个被忽略、被遗忘的角色。但从后来积极出来当官的举动来看，他当初的选择或许源于求而不得，是无奈之举，也是权宜之计。这期间，他写下了《节烈传》《稗乘》《览古随笔》等著作，开始着手《街谈纪闻》的收集、记录和整理工作。

《街谈纪闻》的内容，涉及文登境内及周边地区的三教九流、士农工商、名门望族、贞妇烈女、山魅水妖、天灾人祸等人物世态，后来经过删减修改，更名为《废铎呓》。这个转变，其实更是作者情感和认知的转变，与他后来经历的另一种磨难有关。从三十七岁开始在家等候任命的林培玠，终于在七十岁那年等来了一纸任命，担任阳谷县教谕。这一职位，在清朝属于八品小吏。林培玠刚赴任，就遇到了一件棘手的事，他的一个同事死在工作岗位上，无钱安葬。没有人关心此事，他便着手为同事善后。一方面，这是他所以为的职责所在；另一方面，也是文人的一些性格因素在起作用。他主动协调各方，却没有得到最起码的理解和支持。最终，他自己借钱，安葬了那位并没有共事过的同事，这是他的“道理”。读书，不就是要明理吗？林培玠对于素不相识的人，都会如此认真去对待，可以想见，这当是一个爱民之人，会在自己的岗位上勤勉敬业，尽职尽责。可就是这样一个人，却在自己的岗位上，陷入了更多更大的矛盾之中。他无法适应和融入官场规则，他的性格，他的处事方式，导致了更多问题的出现，他身陷其中，四处碰壁。最令人感动的是，这个七十岁的老人，这个等待了一辈子的人，依然保持了一颗孩子般的心，不迎合，不苟且，愿意为自己不合时宜的行为埋单。

他只在任上八个月，就遭人诬陷，被罢官去职。年过七旬的老人，背负着一身债务，再次回归故里。他不因操办穷下属的丧葬而悔，也不因仅做八个月的小官而愧，再次翻开《街谈纪闻》，从那些民俗、趣事和鬼怪故事中，看到了更多的大义。他意识到，在现实中不能说的话，可以在文字中说；在现实中不能做的事，可以在文字中做；在现实中无法实现的理想，可以在文字中追求和实现。这是一个文人在那样一个时代所能做到的。他这样做，并不是为了给未来留下一份证词，而仅仅是给自己一个交代。那些现实的困扰，具体且真实，折磨着他，让生命和生活一点点失去了光泽。对抱负的追求，并没有点亮他，也没有在人群中彰显他。然而抱负的失败，却成全了他，让他在历史长河中日渐凸显出来。他以失败者的身份，成为后来理想主义者的话题。穷困对林培玠来讲，已算不得什么了。他理清了书稿中该有什么，不该有什么，开始进行删减。他删除了那些无趣的、繁冗的文字，保留下了他所以为的真正重要的东西。看待历史上那些对“作品”有删减之意的人，很多人以为这是一份谦卑，我更愿意视之为自省和自觉。他们知道自己所写下的那些文字，不过是自己所处的时代的赘语，对于当下微不足道，对于未来也没有意义。他们自负了一辈子，在生命的最后一刻，以删除文字的方式，与自己和解。这是他们迎接死亡的选择，是生命的一次悄无声息的仪式。在生命的最后时刻，他们真正认清了世界，也认清了自我。在此刻，他们对自我是有要求的；而在漫长的历史长河中，他们对自我又是没有什么要求的。那些文字，被写下，然后被删除，仅此而已。他们将从此忘记这些曾经亲手写下的文字，就像这世界从此将会把他们遗忘一样。

《废铎呓》被后人称为胶东地区的《聊斋志异》。可以说，林培玠创作《废铎呓》和蒲松龄创作《聊斋志异》有着相仿的经历。除了农忙，林培玠常年在文登、荣成两地搜集材料，还舍出仅有的钱财搭建茶棚，供路人解渴，聊些他所以为的人间大事。他潜心书写，套用鬼神、异象、河灵海怪做比人群中的事例，用最有趣味的语言，刻画最荒诞的现实。原来的《街谈纪闻》，经他“复阅旧编，删其繁冗无味者，共成六卷”，改书名为《废铎呓》。这个书名，实属林培玠的自嘲。明清时期，县设“县儒学”，是一个县里的最高教育机关，内设教谕一人，林培玠赴任的职务就是教谕。铎，大铃也。古代宣布教化的人，常是摇响木铎召集众人，故称“司铎”，教谕也称司铎。林培玠在阳谷县做教谕仅八个月即被废，所以自嘲为“废铎”。有时候，自嘲不仅仅是一种无奈和无聊，也不仅仅是一种策略和智慧，而是一种不甘，一种勇气——是绝望后的那种不甘，是无力时的那种勇气。他希望从自己开刀，可以切开自己之外的那个世界的一道口子，并且通过这个切口，看到他想看到的东西，一个不同于此刻的世界，一些不同于他们的人。

有一种说法认为，林培玠一生历尽沧桑，科举受挫，年逾古稀方得小官，宏图未展。其实，也算不得宏图未展，一个打铃的八品小官，能有多大的事业空间？他的被忽略和被遗忘，以及后来的仕途受挫，反而是对他事业的一种成全。他的著作，已经超越了他的时代，流传下来。

他生前没有获得大的功名，至死也没看到《废铎呓》的刻印刊行。他在霜一样的心境下，走了。后来这部书稿经过他的曾孙林懋宗的争取和努力，才在1917年由上海出版社出版。

时间又过去了一百多年，一个来自与林培玠的出生地相距并不遥远的胶东的人，在读他的《废铎呓》时读出了一份倔强，还有一声叹息。他的忧虑，他的悲愤，他的无奈，都在若干年后，被这个后来者捕捉到了。继而，在浩如烟海的文字中，在熙熙攘攘的历史人流中，我们看到了林培玠这个人。他叛逆，却并不另类；他不同，却并不显眼。他在人群中消失了这么多年，又被重新发现。在以后的漫长时光中，他终将留下来，成为对那个时代的一个诠释。

一钱太守

刘宠是汉室宗亲，刘邦的后人。他在浙江绍兴做会稽郡太守时，“简除烦苛，禁察非法，清廉温厚，家无积资”。他讨厌一切烦琐的为官行头，做事公正明察，家中不存留余资，待人温和谦让。作为宗室之人，他没有沿袭官腔官味，入仕从孝廉、东平陵县令、豫章郡太守、会稽郡太守，直到司徒、太尉等职，不改初衷。

老百姓爱戴他，在他离任会稽郡太守时，山阴县若耶山谷的老人家各带一百文钱，想送给他，理由是他为官不扰民，不逼民，不以私权随便抓捕老百姓，让他们过上踏实的日子。关于百姓所言，《后汉书》中有记载：“宠治越，狗不夜吠，民不见吏，郡中大治。”刘宠不可能收百姓的钱，又不好拒绝他们的心意，最后只好各收一文钱，等到出了山阴县，他便把钱投于江中。据说这段江水自此清澈无比，人称“钱清江”。好官留好名，刘宠走后，钱清江岸上盖有“一钱亭”，在绍兴还有“一钱太守”刘宠庙。

一个铜板，写就真正的无私。无私不是官员的豪言壮语，而是凝在时光中的行动，刘宠任职会稽郡太守期间，怀揣“体恤民瘼，兴建水利，重视农桑，奖励耕织”的思想，一心为民谋生产，守护安定。他抛向江中的铜板，是钱，更是志向。

后来，刘宠入京配职，出京再经过绍兴时，想在“一钱亭”里休息，被管亭的官吏拒之亭外，他说这是专亭专供，除了刘宠，其他人不配进入此亭。刘宠走了。他为民做事，不是为了特殊的待遇，更不想看见别人用他的清誉，去设置一些特权。他一定希望这个休息地能惠及所有人，那个管亭人体会不到这一点，他与刘宠失之交臂，永无交集。

刘宠是胶东人，是牟平侯刘渫的后人。“牟平侯”中的牟平并不是当今的牟平，秦朝时郡县的划分随着朝代不断更替、变迁，有些事物变得模糊不定，但终究还是能寻影追人的。景帝继位时，在现今的福山封了刘渫为牟平侯，福山、牟平等地在秦时的行政区划上隶属腄县，汉朝将腄县分为牟平、东牟二县，牟平县指向当今福山区，而当今的牟平区则划在东牟中，刘宠属当今福山人。福山有东、西留公二村，刘渫后代多葬于此。“留”即古之“劉”，简体字为“刘”。范晔《后汉书》上讲，“留公村”原名可能是刘公墓，后人嫌“墓”字不吉，将其去掉。新中国成立后，此村发掘了大量刘渫后人的墓葬，刘宠极可能被葬于此周边。

从历史上的地域划分来看，刘宠应是福山人。之所以现有牟平刘宠一说，源于明嘉靖《宁海州志》混淆地域沿革，将刘宠以地方志人物的方式留在了现牟平史上。更有甚者美言其词，另加传奇虚构，只为滋长地域清官美名。比如，清初文登于令滂《方石书话》中，就将错就错地说“刘宠墓在宁海养马岛，墓碑为蔡中郎书。上官抵邑，必迂道前往，居人苦之，潜曳其碑，沉之于海”。后来又有一位重修宁海州志的文人，不但照搬了于令涝的讹传，还另添更虚幻猎奇的神话，说墓碑沉入海底后，人不敢近前，因有双龙夹击把守。这让刘宠墓变得越来越具吸引力，招来官员们络绎前往，尤其解甲归田时，推盏以敬，以示为官问心无愧的气节。

不要说老百姓了，就连皇帝、将军也为刘宠的品质所折服。一千多年后，明朝兵部侍郎于谦为刘宠写道：“胡椒八百斛，千载遗腥臊。一钱付江水，死后有余褒。”清乾隆皇帝南巡经过钱清江时，入亭休息，得悉刘宠一心为民、一钱太守的事，当场赋诗一首：“循吏当年齐国刘，大钱留一话千秋。而今若问亲民者，定道一钱不敢留。”

刘宠在世时不取分文，仅是官衣淡饭，明嘉靖《宁海州志》记有一则趣谈，说刘宠葬于养马岛后，身旁有一眼井，内储珠宝金银，后有贼人盗走，毁其墓碑。坊间传说“若得刘宠这眼井，能值山东这一省”。刘宠倘若听到这些，会作何感想？

刘宠做官时，正赶上东汉最黑暗的时期，任人唯亲，横征暴敛，无端捉人，民不聊生。他看在眼中，痛在心上，上任伊始，就不图荣华，也不与腐官交好，躬身问政，为民一方。在他心中，做官与身份无关，与汉室宗亲无关，只与老百姓有关，给那些生活在水深火热中的老百姓做点事，才是正道。

做官当像刘宠，活着的时候把事情做到实处。光耀门楣是死后的事，更是一场虚名。刘宠携光而来，不需要这些。

一代诗宗

宋琬写了一辈子的诗，先后经历了国亡父死、文字狱、冤刑这样一些意外之事。每一次磨难，似乎都在磨炼和成全他的诗。他写诗，向古人看齐，把韩愈、柳宗完、欧阳修、苏轼视为友人，颇为自负，不屑“举子业”的纲求，这大概是他在明末科考中未能如意的原因。

宋琬生于莱阳。元朝时，宋琬的祖先迁徙到莱阳溪聚村。从明朝起，家族多有进士，几代为官，书香氤氲。父亲宋应亨是天启五年进士，做过清丰县令、吏部主事、吏部稽勋司郎中。其父为官不阿，是一位爱国爱民的志士。宋琬从小耳濡目染，直到长大，这些有形的踪迹仍悄然相随——宋琬赴任陕西分巡陇右兵备道佥事时，经过父亲为官的清丰县，百姓聚于街道，邀宋琬至应亨祠下，怀念与不舍之情源源不绝。临别时，众民“倾城而出，攀车号哭”，宋琬“悲不自胜，目为之肿”。父亲是一个好官，他活在老百姓的口碑中。这给了宋琬很大的触动，后来入仕，他始终用父亲的教诲督导自己。

癸未年，也就是崇祯十六年，清兵攻打莱阳城，宋琬的父亲率领众乡绅一起守城。莱阳城沦陷后，清兵把他吊在秋千上射死。这在宋琬的内心留下了一生的阴影。

当清廷宣布开科取士时，宋琬第一次乡试中亚魁，第二年登进士，取得官职，授户部河南主事。他是一个好官，勤政爱民，却因一篇旧文被构陷入狱。宋琬入狱一年，早投清做官的兄长离他远去，宋琬在诗中写道："仓皇各奔走，须臾不自谋。"在"癸未邑难"后，他把很多东西都深埋在心里，包括父亲的死，他也深埋不语。直到时隔十几年，他才敢明确提及父亲的死因。

谈论一个诗人，若是复制性地谈论他的幼年，有些失礼——凡讲起一个颇有名望的人，好像不说他天资聪慧，就会有失提笔人的颜面。诸如"天资聪慧，敏而好学，誉为神童"之类的套话，也成了后世赞扬名人幼年的绝笔，很难见着越过这一层，直言一下诗人孩提时代所具有的普遍天性。其实，宋琬只是一个具有活泼、求知、好奇天性的普通人，由于家族几世为官，他有更多的机会随父亲去更多的地方，父亲与友人之间的联络，也给宋琬带来诸多见识，受益颇多。例如，友人将宋琬引荐给吴伟业，在宋琬奉调浙江宁绍道台期间，请吴伟业为他的《安雅堂诗》诗集作序时，吴伟业直接指出宋琬诗歌"以古人为诗"，过多模拟。随后，宋琬改诗风兼学唐宋。

宋琬的诗是经历磨难后，从内心流淌出来的。这个磨难，不一定要属他个人，一个真正的诗人，可以活成任何一个人，可以写出任何一个人，但他最终写下了自己，一个成为所有人的自己。事实上，也确实是这样，他的第二次冤刑及往后生活，就足以证明未来诗中的世态群相。

栖霞县有逆党带头起义，清兵征剿多次，逆党之一于七逃脱，四处流窜，栖霞、莱阳受此牵连死伤众多，入狱者甚众。族子宋一炳因盗窃钱财被官府抓到，宋琬有职权的伯兄拒绝搭救，此人便诬告宋琬全家与于七关系甚密，勾结谋反，致使宋琬全家入狱，宋琬伯兄也受牵连死于狱中。

王熙《宋廉访琬墓志铭》说:“公族人谋诬公与同谋，而七遂作乱。”于是“自浙江械系公送刑部狱”。入狱三年，宋琬吃遍刑具苦头，受尽精神折磨，但他并未因此沉沦，靠着清狱给他的另一层极大安慰——允许仆人伴于左右，允许读书，允许友人探视，扭转了心态，同时也扭转了对诗文的意境，自此哀文遍野，如《蝉声赋》《狱中之羊赋》《晨星叹》《苦雨叹》《九哀歌》等。

三年后，山东巡抚蒋国柱为他申冤，他才得以免罪。他没有回莱阳，而是浪迹江湖，过着寄人篱下的生活。

宋琬在复职前又写下许多诗，此前他在诗文中还有家仇国恨的表达，后来就少了。他把过去埋在心里。他把自己埋在诗里。他把诗交付给了更为遥远的时光。

王渔洋曾把宋琬和安徽宣城施闰章并提为“南施北宋”，认为康熙以来诗人，无出南施北宋之右。此外，还有“一代诗宗”“燕台七子”“西湖三子”“海内八家”“国朝六家”这些雅号和声名，都是对宋琬诗歌成就的回应。而宋琬对自我生命的回应，来自他的内心世界。

他经历和输出得越多，他的内心就越宽广。

兵神

1544 年，年仅十七岁的戚继光世袭了登州卫官职，担起抗倭使命。第二年，他写下“封侯非我意，但愿海波平”的诗句，因为拥有这样的雄心与壮志，他的军事才能日渐彰显，最终挑起了戍守山东海防的大任。

戚继光是登州人。登州在历史上是一个很特殊的地方，既是蓬莱仙境，又是一处军事要地。隋唐时期对朝鲜半岛的海上用兵，史书记载有十多次，登州港是军船出入的海口。浩浩荡荡的兵马，粮草供应自然是一个大问题。战前修造船只，战时供应粮草，大多是在古登州完成的。比如造船，造船兵夫被官吏监督着，昼夜在水中作业，以至于腰部以下都生蛆了，很多人死在水中。在登莱地区，至今还有用磨盘铺成的街巷，这些磨盘据说正是当年用来给军队磨制粮食的。到了明代，朝廷实行海禁。其中有一个原因是，“倭寇”从海上零散入侵，疯狂抢掠财物，焚烧村庄，杀害了很多无辜百姓。朝廷不得不在沿海一线调兵遣将，广筑城池，军事要害之地设卫，次要之地设所。明代洪武九年（1376），登州升州为府，同年设立登州卫，府卫同城，后又置登州营，并在北宋刀鱼寨的基础上，修筑备倭城，也就是今天的蓬莱水城，这是我国保存最完好、时间最早的古代军事基地。倭寇的侵扰愈演愈烈。朝廷采取了“筑小城建卫所”的军事防范策略，仅在登州境内就有登州卫、威海卫、成山卫、靖海卫、宁海卫、大嵩卫。

戚继光上任伊始，接手的是一个烂摊子。战船破烂不堪，有的船板因为长年泡在海水里，几乎变成了朽木。号称六万兵力，实际上只有四千多人，而且老弱病残占了很大比重。军队纪律涣散，游手好闲、聚众赌博的现象屡见不鲜。加上水兵多年没有训练，船在风浪里稍有颠簸，竟有人呕吐不止，晕倒在船上，战斗力可想而知。戚继光上任后，先从官员调整入手，撤换了一批，严惩了一批，当然也重用了一批，在登州卫造成一场人事地震。有个千户患有寒湿疾病，占着位子却不能履职，他倚仗朝中有人，假意递上一份辞职书，试探虚实。戚继光毫不客气，当场就宣布免了他的职。空出来的职位，登州卫提供了三个人选，戚继光没有论资排辈，大胆起用其中一个务实能干的人。

在登州卫，各种人事关系盘根错节，有的豪绅势力很大，他们拉帮结派，聚赌成风，把登州卫搞得乌烟瘴气。有些士兵经不住诱惑，也跟着赌博，输了就干起偷鸡摸狗的勾当。有两个豪绅在赌博时发生冲突，联手把一个赌徒打死了。官兵到场后，他俩态度强硬，拒不承认与此案有关，领头的军官知道他俩财大势强，不敢多说什么，只好逮了他们的一个手下当替罪羊。戚继光知道后，严惩了那个领头的军官，派人把那两个豪绅捉拿归案，依法处置。戚继光就此说明，以后再遇此类案子，如果登州卫不敢动手的话，要速报备倭公署，否则严惩不贷。备倭城里，水师操演时常有士兵迟到，戚继光下令：迟到一次者，重打二十军棍，再犯加倍。有一天他的舅舅迟到了，戚继光毫不留情，照打不误。那些刺头见状，从此收敛了许多。

戚继光一手整肃兵马，一手修建水陆工事，重点疏浚了备倭城里的小海。小海南北狭长，是屯泊战船的水域，东西两岸屯兵，称为东营、西营。在两营之间铺设木质吊桥，这样东营和西营就构成了犄角之势，互相照应，木质吊桥又可随时升起，舰船往来十分方便。小海南岸有一个平浪台，可减弱从水门涌入潮水的冲击力，使小海保持平静。水门东西两侧分别设置一座炮台，用来封锁水面。戚继光还把城墙加固了，水城的北墙建在丹崖山绝壁，很是险峭。他在这里训练水师，打算逐渐用民兵来代替客兵，用山东人守卫山东的土地，于是号召沿海百姓参加军队，教他们掌握各种武器的使用方法。他的足迹遍及山东沿海，每到一个卫所，都仔细视察防倭设施，对于一些损坏的地方及时扩建和维修，构筑起了最为牢固的防线。

嘉靖三十四年（1555），朝廷调戚继光到浙江平反倭寇，他照旧沿用自己的治兵方式，在作战的同时开展管理和练兵。但在实战中，他发现浙江的卫所军内部极其混乱，军官不睦、士兵不和，很多官兵不服从命令，打仗不带武器，军内也没有充足的粮食，根本无法作战。于是，次年十一月，他起草《任临观请创立兵营公移》向上司提出练兵一事，却被驳回；来年二月，他又向浙直总督胡宗宪提出练兵，胡总督本就看好他，遂同意此事。

经过一段时间整军训练，三千兵士能做到遵守军章，上下和谐，打过几场败仗，也打过几场胜仗，算是有了起色，但总感觉哪里出了问题。戚继光是个懂得管理的将帅，无法将兵士的力量发挥到极致，推测一定是自己用的人出了问题。后来，他发现了问题所在，就是当时军中的兵士行动非常敏捷，怎奈胆量不足。军情紧迫，现去练胆量，恐怕时间不等人，思前想后，戚继光决定应急征选那些生性骁勇、剽悍的爱国之人。于是，他特意从义乌的农民、矿工中选兵，这些人胆子大，能打敢冲，底子好。经过戚继光亲手训练打造，他的军队后来被称为“戚家军”。

戚家军之所以战无不胜，与戚继光的认知有关。他没把能打胜仗的权重都直接放在练兵上，而是更多地关注练兵以外的事，比如防御设施和武器，等等，这都是作战前要做好的基础之事。他一生都在为明朝军务谋求改良，改良管理，改良用兵，也改良武器，并在这方面著述颇多。仅收录二十部兵书的《四库全书》中，就有戚继光的两部。

他能有辉煌的成就，也应回看戚家祖先首次从军的历史。戚继光的六世祖戚祥先跟随朱元璋的起义军，南征北战，立下不少功劳，夺取天下后，被封为应天卫（今南京）中所百户，是明代指挥官中最低一级，后又随朱元璋兵征云南，战死沙场，朱元璋念其有功，遂授其子戚斌为明威将军，世袭登州卫指挥佥事，戚家人由此具备了袭官的资质，官位得以代代相传。

戚继光带领戚家军从登州起步，横扫南方，立下显赫战功。他的威严与勇猛，后来也成为政敌弹劾他的理由，他们诬陷他没有造反的证据，却有造反的能力。戚继光最终被罢官，一代名将就此在落寞中与世长辞。

甲午渔公

号外，号外，朝鲜东学党农民起义，清廷支援。渔公刚把缆绳打了个结，就听到渔孙喊话。渔孙刚从城里回来，他说见到大橹了，在岛上，赤手空拳能抓鱼。外国造的大船，能装一百多只渔船，大船屁股还冒烟呢。

大前年，岛上兴建水师，召集了很多懂水的和擅水的人。大橹也去了。留下渔公和渔孙。爷，我什么时候去上学？渔公说：靠海的，上什么学，我打鱼，将来你还去城里卖鱼。

我不卖鱼，我要认字，要当水师。渔孙把学到的"水师"一词喊得很响。渔孙每日都要把鲜鱼往外送，他一般去不了城里，就是往一些有钱的主顾家送些。在那里，他第一次闻到鸦片的味道，又干又冲，吸到鼻子里又觉耳朵、眼眶、骨骼舒服异常。他多嘴，说主顾家再抽就败家了，到时连个鱼也吃不上。主顾家丁抽了他一巴掌，警告他说：别以为你家出个什么"狮子头"，就觉得了不起，顶多一个红烧狮子头，就等着被人吃。渔孙不语，往外走。大橹可不是打鱼被水冲走的，他水性好，是福州船政学堂的人来选的他。渔孙对渔公说：我现在就想做水军。

渔孙知道水军在朝鲜半岛与日军开战的消息，是大橹带回来的。那天，大橹跑脱了水，回来后躺在破毡上大口喘气，渔孙吓得以为大橹被别的大兵打了，一听是别的大兵要调向更远的地方。大橹说：这回是和日本打，你们都别往外跑了，火药可不长眼。渔孙说往那些炮楼里躲，海军公所也可以躲。大橹就笑话渔孙没志气。渔孙让大橹带着他去，看他到底有没有志气。海上有风，船刮上了沿，船头裂了一个大口子，渔公垂头丧气地到家，听到大橹的声音，心就踏实下来。大橹说旅顺那些地方都往外调兵支援，他们也得去，鱼雷艇、炮舰打出来的全是火球，睁不开眼。渔孙觉得好奇，就问火球是怎么装进去的。大橹说不知道，反正躲不好就死了。他还得回去，从灶上抓了两个饼子和一条咸鱼，塞进衣服里就往外走。渔公在后面喊，大橹头也没回。

大橹这一走，不知道什么时候回来。十二岁的渔孙扑在渔公身上，手里拿着一张鱼皮，那鱼是大橹入水师后，赤手抓到的。抓鱼的地方离着南炮台近，地阱炮台就属南炮台，是扼守南口的关碍。大橹说那天当官的带他上炮台，在那里一起监测射程，监测舰道之间的距离。这是一个很难把守的水域，虽说刘公岛地处天然军事屏障，但仍有短弱之处。大橹在那里抓到这条鱼，当官的说大橹要把心思放在舰上，再锻炼几年就让他做舰长，大橹水性好，反应快。

渔公接过这张鱼皮，反正看了一遍，让渔孙收起来，说：想大橹了，就看看这鱼皮。渔孙说，大橹走了。

不久前，甲午战争爆发。大橹所在的北洋水师正式接到命令，迅疾赶往鸭绿江口大东沟。海上硝烟滚滚，炮火连天，蹲在炮尾处的士兵摇酸了胳膊，把手臂抬得再高，也调控不了哑炮和射程问题。有人怒火中烧，号出一句“杀呀”，就没了动静。他没有死，是被炮火呛住了，他就是大橹。当官的让大橹悄悄潜到其余几艘舰上，让掌舵人分开舰道，往后撞日舰的舰尾。大橹刚跳入水中，就听到一声巨响，“定远舰”招来一个比舰身还要大的火球，彻底把舰身淹没了……

大橹寻着剩下的几只败舰，一同来到旅顺。他不怕痛，撕下仅剩的已成绺的前襟子扎紧伤口。他想起北洋水师选兵时，喊着要水性好的渔民和船夫。大橹说水性再好，舰不行。没人接话。大橹说下海打鱼，没家什哪行？也没人接话。大橹想起那年船翻了，渔公被一片锋利的海石切了腿筋，坚持游了回来，整个人都泛白，像是纸糊的，渔公没说一句怨言，他说家穷，穷就得干；国家弱，弱就得练兵，就得找那些好用的家什，赚更多的钱去买。大橹说，那得打多少鱼，才能买回一条好的舰艇？

那天渔孙去了，他不知道大橹死没死，就想看看大橹。他不想去听号外，号外上不会说大橹，他觉得大橹就是北洋水师。渔孙说那些落水声中，有一个不一样的声音。渔公说：那么远，你听得见？

渔孙知道清政府签了不平等条约。到底什么是“不平等”，他说得清，就是：我的东西，你不能拿。我给你，你才能拿；我不给你，你抢了，就是不平等。大橹没回来，渔孙总是说起那个不一样的落水声，他说大橹死了。

渔孙咬着鱼皮哭了。他想上学，想从识字开始。

横渡海峡的人

海在涌动，他也在动。这巨大的徘徊，充满了天地之间。一切都是熟悉的，一切也都是陌生的，所有的情怀与抱负，此刻都化为一种本能，向前，向着彼岸，一点点逼近。人在海中，一簇焰火在心中，倔强地燃烧。这海水，这火焰，这郑重的托付，还有缓慢的释放与抵达。一些声音近了，又远了。一个人与一片海，以这种方式相认。

时间定格在那一刻：2000 年 8 月 8 日上午 8 时。在老铁山南岬角，他纵身一跃，把自己投进了这海。鸟鸣婉转，水波汹涌，老铁山灯塔，他已凝望了千百遍。此刻，他在心里默默地敬灯塔，敬大海，就像即将出海的渔民，面朝大海，举办一个人的仪式。好多渔民站在身后，为他壮行。

入水的他，通体舒展，湛蓝的海水裹着他，向前方潜去。已经离岸很久了，身后还不时传来掌声和欢呼声，他无暇去想那些，他为今天已经准备了很久，期待了很久。穿过这道海峡，是他的一个梦想。他拒绝所有被赋予的角色称谓，觉得自己只是这海里的一条鱼。游了个把小时，丁点不累，小腿弹性很好，腿胯丰劲若无骨，额上确定不是汗，而是水，他的心就更放松了。一条比目鱼飞碟样贴着他的脸游了过去，甩出几个结实的水珠。他觉得自己比那鱼儿更轻盈也更迅捷。他穿着鲨鱼皮一样的特制泳衣，身高一米七六米，体重九十公斤，这身子骨，像极一条微缩版的鲨鱼。海风阵阵袭来，吹得他舒服，惬意。他想起了那些关于这海的传说与故事。

人们称这里是黄渤海分界处，他对此是有些不解的。有什么力量，能分开两个海？他更喜欢“交界处”这个表述，客观，谦卑，不带有人的主观性。两片巨水相遇，表面平静，内里却是汹涌。

这海，本来就不平静。他的大脑飞速运转，海下的湍流越发急了，他打了几个摆子，自然地扭动胸骨，两肩上下起浮，如海马竖游一般。夜幕降临，他没觉得累，本来担心会冷，会困，目前都没有，毕竟这件定制的鲨鱼衣改良了三四次，保暖性很好。精神和体力上的自在，让他觉得一直随行的船像累了一般，需要他助力一把，他的笑压在喉咙下，听不见声音，也看不出嘴形，只是两只眼睛眯成细沙状，向前，向着海天交接处，继续游去。

在水中寻一条路，和在天上寻一条路，这是人类的梦想，潜藏在个体的生命里，由于起点不同，终点也就截然不同。他曾为横渡琼州海峡、台湾海峡、渤海海峡做过充分的准备，从体力到技能，从心理到意念，有些锻炼是有形的，有些锻炼却是无形的。他与水域搏击，体能与技能是关键，但是倘若没有强大的精神力量，再强的体能、再好的技艺，也不可能持久。他从未放弃锻炼水下心理，尤其面对最难跨越的渤海海峡，更是做好了充分的准备。

他是勇的。

说一个人勇，不是指他敢做什么，而是他在做的同时，已经考虑到了承担最坏的结果。当他投身于海况凶险、常有巨型鱼出现的渤海海峡，游过三十多个小时后，身体机能下降厉害，周边海水像增加了阻力，海面变得恍惚，甚至有了若干幻觉。他再次抱紧生理防线，想起在陆上，只要目的地在，再苦再累也是踏实的。海里却不同，一切都是不确定的，前两天拼的是体力和技能，到现在，要看意念和信仰了。一条鱼，不应该因为游泳而累，它所拥有的，是这世间最辽阔的海和最珍贵的自由……

太阳升起来了。这是他入海后第二次看见日出，像是经历了第二次人生。一个巨大的火球，突然从海里跃了出来，把整个大海都染红了。这海水，这火焰，这个置身于海水与火焰中的人，他觉得整个大海被改写了，他也被自己改写了。

2000 年 8 月 10 日上午 10 时 22 分，他在山东蓬莱东部海滩登陆。从老铁山南岬角入海，他用时五十小时二十二分钟，在海里游过了 123.58 公里，横渡整个渤海海峡。在掌声中，他拒绝提前准备好了的轮椅，继续前行一千多米。

在黄渤海分界线，他一个人横跨两个海，穿过这长达一百多公里的海峡。这一壮举，被很多人解读成对大海的挑战。他不是在挑战大海，也不是挑战人力的极限，他所挑战的，是自己，他以这种方式寻找、证实和拥抱更完整的自己。那个在现实中和想象中的自己，一些时候他属于现实，另一些时候他属于想象。他以这种方式，让想象和现实在自己身上发生更真实的冲突，最终获得某种统一。他把自己交给了大海。以海之名，他让自己漂浮，不借助任何外力。他是一个普通人，一个勇者。“丈夫志四海，万里犹比邻。”他以这种方式来面对自我，探测“我”与“另一个我”之间的距离。他们比海更近，也比海更为遥远。他们同时出现在他的身上，他看到了他们。

他叫张健，被誉为“中国横渡第一人”。

图书在版编目（CIP）数据

从大海到人海 / 王月鹏著 . -- 北京：作家出版社，2025. 6. -- ISBN 978-7-5212-3365-0

Ⅰ. I267

中国国家版本馆 CIP 数据核字第 20250AA497 号

从大海到人海

作　　者：王月鹏
责任编辑：向　萍
封面设计：李　超
出版发行：作家出版社有限公司
社　　址：北京农展馆南里 10 号　　**邮　　编：**100125
电话传真：86-10-65067186（发行中心）
86-10-65004079（总编室）
E-mail:zuojia @ zuojia.net.cn
http://www.zuojiachubanshe.com
印　　刷：河北星强印刷有限公司
成品尺寸：155 × 220
字　　数：187 千
印　　张：17.5
版　　次：2025 年 6 月第 1 版
印　　次：2025 年 6 月第 1 次印刷
ISBN 978-7-5212-3365-0
定　　价：79.80 元